两颗核桃的爱

王秋珍 著

吉林文史出版社

图书在版编目（CIP）数据

两颗胡桃的爱 / 王秋珍著. -- 长春 : 吉林文史出版社, 2016.7

ISBN 978-7-5472-2686-5

Ⅰ. ①两… Ⅱ. ①王… Ⅲ. ①散文集－中国－当代②短篇小说－小说集－中国－当代 Ⅳ. ①I217.2

中国版本图书馆 CIP 数据核字(2016)第 175779 号

书　　名：两颗胡桃的爱
作　　者：王秋珍
责任编辑：钟杉　陈昊
选题策划：丁瑞　李丽
出版发行：吉林文史出版社
印　　刷：廊坊市鸿煊印刷有限公司
版　　次：2018 年 1 月第 1 版　　2018 年 1 月第 1 次印刷
开　　本：710×1000　1/16　印张：14
字　　数：200 千字
定　　价：42.00 元

地　　址：长春市人民大街 4646 号
电　　话：0431—86037451（发行部）
网　　址：www.jlws.com.cn

一个幸福的女人

文 / 红瘦

“人活着，就应该追求生命的幸福。”“把我们想说的写下来，把文字煮成我们自己想要的样子，真的是一件很幸福的事情。”这是王秋珍在她的《虽然爱》一书中的话。

最近，这个幸福女人又有了一趟幸福之旅，她的小小说集《两颗胡桃的爱》即将付梓。我忍不住给她算了算，惊奇地发现她在《小小说选刊》《微型小说选刊》《百花园》《小说月刊》《微型小说月报》《金山》《小小说大世界》《天池小小说》《小小说家》《领导科学》《国际日报》《中华日报》《羊城晚报》《新民晚报》《扬子晚报》《北京日报》《知音》《博爱》《幸福》《伴侣》《星河》《读者》《人民教育》《中国教育报》《教师博览》《教育艺术》《中学语文教学》《语文学习》《散文》《散文百家》《文苑》《中国西部》《民间故事》《职业》《故事会》等数百家报刊发表了2000多篇作品，先后出版有作品集《王秋珍下水作文集》《秋耕》《春江水暖》《彼岸花》《巧克力》《棒棒糖》《虽然爱》《抢糖的孩子》等，编著《中学古文鉴赏辞典》《作文系列训练》《家庭教育纵横》等书籍十余部。作品获全国级省级奖项40多项，60多篇入选《中国微篇小说佳作2014》《中国闪小说年度佳作2014》《中国微篇小说佳作2015》《中国闪小说年度佳作2015》《闪小说365夜》《2015—2016最受中学生欢迎的佳作年选》《中国微篇小说佳作

2016》《给爱一个台阶》《艺海拾穗》《教师最关键的18项修炼》等权威选本，有30多篇文章入选各地试卷阅读题。这些数字已不露痕迹地证实了她一直在做自己喜欢的幸福的事。而她本人，也成了浙江省作家协会会员、当代微篇小说作家协会理事、中国闪小说学会会员、中华精短文学学会会员、中国微篇小说新锐作家、中国闪小说新锐作家、闪小说72星座、中国微篇小说60强、《百花园》签约作家、《校园文学月报》特约主编等等。

同时，她还是全国作文优秀指导老师、浙江省最佳指导老师、金华市教改之星、东阳市教坛新秀、东阳市星级教师等。她编辑的班刊《金秋》已达45期，总计800多万字。她指导的学生作文在《做人与处世》《作文》《初中生优秀作文》《作文新天地》《中学生天地》《阅读与作文》《作文与考试》《作文成功之路》《语文世界》《羊城晚报》等刊物发表1700多篇。她的学生总是以她为荣，张口闭口“我们阿秋”，每一届她都带出了不少特别爱写作的学生。

对于这样的女子，我是羡慕的。当然，羡慕的不是这些数字、这些称号，而是羡慕她和她的文字在谈一场永远都是那么甜蜜的恋爱。

恋爱中的女人往往很单纯，加上她天性直爽，从不掩饰自己，更不在文字面前掩饰自己，于是就有了她执著地喜欢敲击键盘，把自己的喜怒哀乐通过指尖统统融进蹦跳的字符。从中，你读懂了她的工作、她的生活，了解了她的家人、她的朋友。更重要的是，你会不经意间流露出对她的敬佩与赞美。

和她相识十余年，亦师亦友，发现无论是生活带给她多少不公，还是身体加给她多少疼痛，她总能笑看春风。即便是最近一次手术住院，她和你聊及的也不是病情，而是最近花盆里的蓝莓树长了许多新叶。她和你谈的多是孩子成长的忧乐、家中老人的近况、文字创作的规划，爽快而幽默的语言带给你更多的快乐和兴奋。从她身上，你能感受到满满的正能量与闪光的梦想。

《两颗胡桃的爱》精选了她最近一两年的发表作品92篇。全书共三个篇章。第一篇章《月上柳梢》，从不同的侧面，反映了爱情的真谛：一个女人最好的嫁妆，是一颗体贴温暖的心；一个男人最好的聘礼，是一生的迁就与疼爱。第二篇章《一树花开》写出了生活中点点滴滴的真善美，告诉你生活的智慧和温暖，总是不动声色地沉淀在时光的长河里，用心打捞，才会盈盈于心。第三篇章《倚风长啸》以独特的视角，展现了人性的自私、脆弱和猜忌等等。生活长着很多面孔，有时让人失望，有时让人警醒，有时让人惭愧，有时让人痛惜。每一篇都会给你带来不同程度的情感共鸣。

记得她曾和我说，云朵是天空的脚印，文字是她想留下的脚印。也许，脚印不够深，也不够美，但走过爱过，才不会留下太多遗憾。当然，我们很多人往往只看到他人光鲜美丽的一面，却从不留意他人背后的付出。一切因着那份喜爱，她与生活握手，与疾病抗争，越写越有滋味。于是，她便如《豆腐西施》那般不急不徐、从容淡定、认认真真、踏踏实实地生活着，书写着。

她的儿子严寒小小年纪书法已是飘逸俊朗。她 QQ 空间中的《小小足迹》，很多人为严寒的书法点赞。如今，严寒的书法《两颗胡桃的爱》又一次出现在封面，外若飞仙，内似硬汉，一笔一画尽显诗意。常听人说，字如其人，这话真不假。有这样的儿子，我又羡慕了，不仅仅是儿子的书法，更是羡慕儿子秉承了母亲对于文字的热爱，他的作文集子《豆芽》已经有 7 期，作文发表亦是不少。

回想自己选择了丈夫，多半是因了那句，钱多钱少，只不过是生活方式不同罢了，感觉到幸福才是最重要。也确实如此，简单的想法让我们在平淡的日子里收获了更多。记得老舍在《猫城记》中说：“心是一棵树，爱与希望的根须扎在土里，智慧与情感的枝叶招展在蓝天下。”生活需要有一颗安静而执著的心，悄悄捡拾身边的美好，静静绽放如花笑靥。我想，她与文字的这场恋情，必然日益纯净而美好。

我们都在这同一片天空

文 / 冷清秋

在情感世界这曲华丽的乐章中，最浓墨重彩的就是爱情，那持久弥香的是亲情，而清风宜人的是友情。这样的“情感三章”就像音乐的五线谱一样，在秋珍的巧手之下，被编织成为一篇篇真挚动人的作品。

比如《爱情本本》。在这篇里，内心深处的情感世界，不再是一个隐秘的角落，它通过日记的形式轰然洞开。只是情感的最深处，总会有一些过于直白的话语，因此也就造成了一些困扰。但情感的独白终归还是一首小夜曲，而在四目的交替之下，终于奏出和谐甜蜜之音。这篇里所涉及的情景细节，都是很普通的音符，然而能传达出如此醉人的效果，自然要归功于作者的灵巧之手。

甜蜜之余，情感世界里自然也少不了风波，因此就有了《棉布衬衫》。情感就是这样奇怪，亲爱的人恨不得融化在一起，然而生活又需要我们在某些时候，彼此保持适当的距离，给对方留下自由呼吸的空间。这似乎是一种矛盾，因此所有相爱的人就在这种矛盾中苦恼着烦扰着。也许爱除了深情，也需要生活的宽容和智慧吧。这种洞悉和体察，被作者给轻巧地放入到作品之中。

当然和风细雨之余，情感的天空里也有电闪雷鸣。所以在《爱情买卖》中，我们看到了一段被物质化了的情感。情节最后虽然通过一个尴尬情景以讽刺收尾，然而留给我们的却是更多的思索——爱情到底需要用什么来滋养？“爱”是否能种在银行卡、消费账单的土壤之中？也许错的并不是一个，而是一双。

只是有些错容易分辨，但有些却难以一下厘清。像《两颗胡桃的爱》里所发生的冲突，可能是每一个人的生命里都必然会经历的波折。因为亲情和爱情本就属于两个不同但是又会重叠的世界。只不过幸运的人从里面获得成长，不幸的人可能会用一生来咀嚼这苦涩。而我们的人物在这篇里是幸运的，所有的女儿，无论在任何时候，都不会失去一位父亲的爱。

父亲的爱不仅如山一样可以依靠，在《七月》中，我们甚至可以通过父亲那发自内心的愧疚里，感受到那像海一样深厚的情感。他一再忐忑的是，未能给儿子更多。同样的情况也发生在《母亲的豆腐》里，直到多年后，一个偶然的时刻，身为子女的他，才突然意识到母亲对于自己意味着什么。这都是言语难以描述的情感之重。

更让人沉重的还不只是父母的付出，还有身为子女的我们，那少到吝啬的回馈。所以《父亲的手机》中老父亲最后那怒气冲冲的话语，与其说是“冥顽不化”，不如说是无声的谴责与痛心。到底是什么逼得一位老人，只能越过自己的儿女，去从一群骗子那里获得情感的关怀？情节的前面零零碎碎地给出了一些似是而非的理由，然而好像不能全部解释，那么更深层的原因是什么？我们也许有寻找答案的必要，但是身为子女，也许更需要找到的不是答案，而是反哺。毕竟，在亲情的世界里，爱的付出是不需要理由的。

对于人的情感的刻画，除了爱情和亲情之外，自然也少不了友情。而友情之中，邻里关系状况是生活融洽与否的关键。这种说复杂也复杂说简单也简单的关系，到底该如何相处，怎么维持，在《窗口的丝瓜》里，有着细致入微的描写。其实友情的维持，不需要算计，不需要斤斤计较，坦然和大度，真诚和直接，可能就已经够了。

不只是与邻居，人与人也是如此。所以在《豆腐西施》中，人心的向背经过时间的洗涤，一切都看得清清楚楚明明白白。有些事情也许不用解释，也不用去争执，凭着本心做好自我，这可能就是最好的原则。

情感其实是一个有着太多的话需要说的话题，所以对秋珍来说，她需要用整整一本书来承载它，但是可能容量还远远不够。在这本书里我们所看到的，只是秋珍笔下情感世界里的一角，但即便只是一个角，那一篇篇文字，犹如一双灵巧的手，不断地拨动着读者的心弦。而当我们正在聆听这美妙的乐曲之际，可能秋珍同时也正在这本之外，继续弹唱着新的乐章。

因此我们用一生来书写，我们用一生来咀嚼，我们因此而生，我们也在这时光的流动中老去。

祝福我们，祝福每一个爱和被爱的人。

目　录

第一篇章　月上柳梢

第二篇章　一树花开

第一篇章

月上柳梢

一个女人最好的嫁妆，是一颗体贴温暖的心；一个男人最好的聘礼，是一生的迁就与疼爱。

爱情本本

“这个包哲学，实在太过分了！”毛衣衣双手托着那个艾绿色的记事本，脑子里像住进了不可理喻的马蜂。

曾经好几次，毛衣衣看包哲学在本子上写啊写的，根本没有在意他在写些什么，不想这次无意间整理床头柜，看到了它。

不，她看到的不是包哲学的记事本，而是包哲学对她的讨伐对她的抱怨。

“她又发大小姐脾气了。她叫我照顾她住院的父亲，我没答应，她就生气，生气起来像头母狮子。”

毛衣衣想合上本子，却管不住自己的手一页一页地往下翻。

“她又不高兴了。她喝多了酒，丑态百出，还把鞋子往人脸上踩。”

“去吃麻辣火锅，却吃了闭门羹。她就是这样，做事磨蹭蹭的。”

天哪，这就是自己爱的男人吗？怎么像个生活在 20 世纪 80 年代的农村大妈，斤斤计较唠唠叨叨自私自利呢？

毛衣衣真想哭，为自己的爱情掉几滴泪。可是，她的眼睛却不肯听话，居然像录音机倒带似的，一直追看到了两年前。

毛衣衣和包哲学相识在一次野外游。城市长大的毛衣衣对什么都很新奇。她甚至分不清麦子和韭菜。是包哲学，带领她走进了可爱的田野。

那一次，包哲学带她认识了鲁迅笔下的何首乌，它们长着心形的叶子，一条条垂挂在石头墙壁上，像美眉的裙子在风中摇曳。包哲学带她认识了蚂蚁草，叶子水灵灵的，像塑料做的，据说还可以炒着吃腌了吃。包哲学还带她认识了坚韧的牛筋草。毛衣衣想扯上一根，结果右手食指划出了一道深深的痕。毛衣衣怎么也忘不了包哲学那爱怜的目光。

那次，毛衣衣第一次看到了麦花。青碧的穗头上附着好多好多无法计算的白色花朵，小得像针眼。春风轻吹，麦花飞舞起来。毛衣衣用手扯着薄荷绿雪纺裙的裙摆也轻轻舞动起来。包哲学手指一动，将毛衣衣舞动的倩影定格在手机里，同时，也定格了两人美好的情愫。

“男人为什么会有两张脸？我以为他是温润谦和的食草男，不料却是小肚鸡肠的那什么？”毛衣衣喝了一口卡布奇诺拿铁，问。

“那什么，那就是包哲学呗。”闺蜜居然还有心情开玩笑。

“拜托，给我诊断诊断，开出药方行不行？”毛衣衣杏眼圆睁。

“我看哪，他每天记你，没记别的女人，最起码心里装的都是你啊。”闺蜜一说，毛衣衣点了点头。两个女人嘀嘀咕咕了一阵，毛衣衣哼着歌回了家。

次日，毛衣衣买来一个秋香色的本子，学着包哲学的样子记啊记。有几次，包哲学看到了，毛衣衣就身子一闪，把本子藏好了。那神神秘秘的样子像个地下工作者。

次数多了，包哲学的心里像栽了一根刺。

那天，两人为网购的事情闹了别扭。包哲学责怪毛衣衣一买就那么多，简直是烧钱。毛衣衣不理他。

晚饭后，毛衣衣又趴在台灯下在写着什么。一看到包哲学过来，她就合上本子要闪身子。包哲学忍不住问：“衣衣，你在写什么啊，能不能拿出来看看？”

毛衣衣顺手把本子夹在左腋下，侧身反问：“有什么好看的？都是些鸡毛蒜皮。”包哲学的脸色有点儿变了，说：“是不是写了骂我的话，不敢让我看啊？还是有一些不想让我知道的隐私？”

毛衣衣好像生气了，甩过本子说：“看吧看吧。”

“包的衣服该更新了，可他每次都说不用买，我买自己的就行。网购实惠，我要多给他选几件。”

“麻辣火锅没吃成，去吃了麻辣龙虾，包给我挑了雌的，他说雌的更好吃。”

……

没看几页，包哲学就停住了。他放下秋香色的记事本，重重地抱住了毛衣衣，抱得毛衣衣喘不过气来。

可是，毛衣衣高兴。

可不，现在的她和他，多么像一棵合欢树，在青翠蓊郁中舞出一曲深情。两个本本扑通扑通滚落床下，好像在为他俩喝彩。

棉布衬衫

女人是男人微信摇来的女友。

男人第一次见女人，只觉眼前满天星光。他的思维像线路突然被切断，几秒后终于接上。男人的心像活泼的鸟儿在扑腾在欢唱。

可是，幸福的对门往往住着痛苦。

女人在瑜伽会馆当教练。那里有一群年轻漂亮帅气的男男女女。男人的心总是在半空飘。

男人做了女人爱吃的玫瑰花糕，来到了瑜伽会馆。优雅的姿势纯澈的眼神，在男人眼里像爆炸前的引线在嗤嗤。他偷偷找到保洁阿姨，递给她一张名片，同时递出的是某蛋糕店的购物票一张。

从此，女人在会馆的情况，男人了如指掌。

那天，在一片嬉笑声中，女人将男人送她的美食顺手转送给了学员，同时送出的还有男人的小情书。

女人回家时，等待她的是男人的狂风暴雨："为什么把我送你的纸条给了帅哥？"

"那只是我的学员好不好？我没看过怎么知道还有情书？"女人觉得委屈，泪水像花，一朵朵晶莹地开在秀美的脸上，然后无声地凋谢在地。

"如果心里有我，你就辞了工作！"男人的声音像夏天的雷在女人的头顶和心里滚滚而过。

辞去工作后的女人，就闲在家里一个人练练瑜伽，或者看看书洗洗衣服。日子倒有几分自在。

男人对女人，那是真的好。买了西瓜，他会用牙签把西瓜籽一粒一粒地挑掉；吃螃蟹，他会把蟹爪里的肉一点一点挑出来，放在她的碗里；重活累活，他从来不让她干。

六月的一天，男人的几个哥们聚会。男人带了女人一同前往。女人的左边坐着男人，右边坐着一个刚从马尔代夫旅游回来的哥们。哥们一见女人就说："这裙子可真是漂亮！"

女人穿的是紫色碎花吊带裙，衬着女人瓷器一样光洁的皮肤，玲珑有致的身材，那真叫一个漂亮！女人笑笑并没应答。后来，哥们和女人聊起马尔代夫一行的趣事，女人听得频频点头。

女人没有注意到，男人一直绷着脸，像下冰雹的天。

回家后，男人马上成了喷火龙。

"又不是赶去结婚，为什么要穿得这么妖气？"男人怒气冲冲。

"我这不是给你长脸吗？你难道喜欢别人说你女朋友不好看？"女人的眼睛更大了。她实在吃惊不小。

"你是我的，用不着别人来欣赏！再说了，你有必要和我哥们聊天吗？"男人的话像冬天的水冷冷作响。女人想，男人一定是太爱她了，自己就别和他较劲了。那么，就再当一回灭火器吧。

"好啦好啦，以后我都听你的，行不？"女人的声音像棉花糖，柔柔的，甜甜的。

男人却没放下绷紧的脸。他有他的小算盘。此时此刻，他要趁热打铁乘胜追击。

"亲爱的，我可要申明我的主张了。以后，除了在家里，你不许穿裙子。不能和别的男人聊天。可记住了！"

为了爱情，女人忍了，受了。

时光像一只青菜虫，隐身在碧绿的日子里，一点一点不露声色地侵蚀着。等女人发现时，已是满身洞孔。才一个多月，女人就觉得自己成了一架没有思想的机器。她的皮肤变得粗糙，心情也变得不安。

这天，女人要男人去买全棉的棉布衬衫，买情侣装穿出浪漫。男人自然很乐意。

他走到一个棉布衬衫的大专柜前。穿着职业装的营业员笑容可掬。“这衬衫是全棉的？”男人看着衬衫上的标签，用拇指和食指来回捏了捏衬衫，问。

“97%的棉。”营业员回答。

“我买 100%的棉。”男人说。

“真正的全棉衬衫，都有 3%的莱卡。”营业员继续微笑着。

“为什么要留 3%不是棉的？”男人很好奇。

“这样的组合是棉布衬衫材质的最佳组合，穿起来体贴却不束缚，暖身却不灼手。”年轻的营业员继续笑着，“这和爱情一样，没有 3%的莱卡空间，就会让人不自在。”

男人愣住了。

是啊，和女人相处的日子，男人觉得自己很累。而自己爱的女人，也越来越不开心。

后来的一天。阳光清浅，天空瓦蓝，一切都是那么恰到好处。女人穿着漂亮的公主裙走在街上。女人一边走，一边在笑着打手机：“美女营业员，我的好闺蜜，他终于苏醒了。我现在拥有 97%的贴心和 3%的空间。这样的感觉才是爱情的感觉……”

女人的笑声，带着棉布衬衫的温暖。

爱情买卖

“啊！”随着花小蕊的一声夸张的尖叫，超市里那来来往往的目光倏地集体扫射过来。只见花小蕊怀里红红绿绿的东西掉到了地上。

田三亩的脚像打了钉子，捡也不是，走也不是。

花小蕊捡起属于女人的“七度空间”，很霸气地说：“你是故意的吧？”

“是，哎呀，不是。”田三亩一时舌头不听指挥。

其实，他是被花小蕊花一样鲜嫩的容颜和声音吸引了。他分明感觉脸有点儿发烧，他听见自己在说：“对不起对不起，有机会，我请你喝茶赔礼。”

两人就这样开始了交往。

田三亩名牌大学毕业，每月收入一万多元，不喝酒，不 K 歌，总是把钱一笔笔存起来。在农村的父亲每次都说：“儿啊，我们自己还能挣钱，你把钱攒好，以后在城里买房娶媳妇。”

田三亩认定，花小蕊迟早是他的媳妇。

他把信用卡交给花小蕊，说：“花，这个交你保管，你想买什么方便。”

花小蕊冲上去，就在田三亩脸上留了几个香吻，还不忘夸张地发出啵啵啵的声音。“亲爱的，我就知道你对我最好。”花小蕊的声音像糯米糖，香香的，糯糯的。

次日，花小蕊去买了一大堆零食。田三亩用食指刮了刮她的小脸蛋说，你高兴就好。

慢慢的，花小蕊越来越爱刷卡。双十一，商家的促销活动看得花小蕊买心大发，她买了一台电脑，刷了八千多元。原先的电脑，牌子不好，也该更新了。这款电脑，机子轻巧，可折叠可触屏，怎么看怎么喜欢。

电脑买回家，花小蕊又出去逛大商场。逛啊逛，她的目光被奢侈品包包专柜黏住了。“美女，你看这一款，多么配您的气质，高雅又大气。”花小蕊拎起包包，在镜子前正看侧看，还别说，真是有品位。于是，她果断买下了这款桃红色的爱马仕，刷了一万八千元。

花小蕊带着这只包包，回了田三亩的老家。这天，成了全家隆重的节日。奶奶还很郑重地给了花小蕊一枚祖传的金戒指。

一个月后，花小蕊的朋友去迪拜，花小蕊又让她带回了一款包包。田三亩信用卡里的钱此时已经像冬天干塘时的凛冽，就要露出水底嶙峋的石头了。田三亩有些生气了：“你的包不是刚买过一只吗？怎么又买了？”

花小蕊理直气壮地说：“在我们这边买，起码一万元，那边带过来，三千元就够了。你会不会算账，会不会过日子啊？”

当信用卡透支了几万时，田三亩意识到了问题的严重性。他要花小蕊把钱还上。花小蕊说：“你是男人好不好？我每月才二千元的工资，哪够用啊！要还，你自己还。”田三亩只好向朋友借钱，把信用卡的洞给补上了。

按说日子也该消停点儿了，可是，矛盾还是激化了。

田三亩的奶奶生病了。她预感到自己时日不多，很想他的孙子带上她认定的孙媳去看看她。可是，田三亩一说，花小蕊就很坚决地说：“不去！要去你自己去！”

“你！你！那你把奶奶的金戒指还给她！”田三亩的脖子也粗了。

“不还。送出去的东西能收回吗？”花小蕊要起无赖来。

“分手分手！我受够了！”田三亩不满的心绪像突然被人挑破的气球，瞬间迸裂开。

“你以为我稀罕你吗？连赚钱养女人的本事都没有，在这里发什么威啊？”花小蕊的嘴巴长满了刺。她一边把一根根又长又尖的刺扔向田三亩，一边昂首挺胸地往门外走。高跟鞋敲在地上的声音，梆梆梆的，俨然在替它的主人宣告着什么。那一声声，很有力地砸在田三亩的心坎上，让他疼了又疼。

爱情就像一桩买卖，卡里的钱没了，爱就跟着没了。田三亩颓然地想。

好在五个月后，田三亩迎来了崭新的爱情。听说女朋友的父亲开了个公司，但女朋友勤俭低调。遇上这样的好女孩，田三亩觉得每天都有花在呼啦啦地开。

某个周末，田三亩带着女朋友逛超市。蓦地，他看到了一个熟悉的侧影。只见花小蕊又买了大包小包的东西，在边看边选。只是这次，她不用自己拿，她的边上，跟着一个老男人。那男人挺着肚子，两颊的肉鼓鼓的，像在里面塞了鹌鹑蛋。男人显得很殷勤，好像他身旁的是一个纯洁的天使。

田三亩正想闪开，只见女朋友走上前去，拍了拍老男人的肩膀，叫道：“老爸！”

一霎时，田三亩愣住了。花小蕊的脸突然成了猪肝色。空气里，好像有一丝嘲讽的声音在游走，像钉子划过金属板，又细小又刺耳。

在婚姻中想念爱情

“亲爱的，我想你。”手指轻轻一动，这句芬芳的情话，载着女人的期待，一一送给了心上人。

那天，水弯弯和两个闺蜜在阿里郎茶楼喝茶聊天。大家聊着聊着，突然有人提议给那个他发个短信，看他有什么反应。

闺蜜 1 号第一个收到回复：亲爱的，我也想你，分分秒秒想你。你在哪里，等下我来接你。闺蜜 1 号嘴角上翘，像一叶微笑的舟。一看，就是爱情中的女人。

过了一会儿，闺蜜 2 号也收到了回复：怎么了，是身体不舒服吗？闺蜜 2 号没有表情，好像在等水弯弯。

水弯弯的手机却像睡着了一样。

水弯弯一着急，又重发了一次。

“我忙呢。别闹了。”这样的神回复，把水弯弯的面子全摞到了地上。水弯弯心里有泪，开始淅淅沥沥。要知道，水弯弯可是在闺蜜面前秀了很多回故事的！

水弯弯的爱情，那就一个词——浪漫！

亲爱的水弯弯姑娘，你是最亮的星星闪烁着我的心。没有你，我的世界黑暗一片。请你拯救我，嫁给我，好吗？爱你的周三围。

这段话，在大广场的 LED 显示屏上反复播放着。周围是喧闹的人群热情的观众。当一双双眼睛锁定水弯弯时，水弯弯的脸像搓了红辣椒似的发烫。人群居然有组织似的突然发出了整齐的声音：“嫁给他！嫁给他！”

水弯弯感觉自己成了电影里的明星。这个周三围，想不到花样真多，浪漫指数还很高嘛。

那天，水弯弯觉得自己幸福极了。

幸福的水弯弯成了新娘。

新房的卧室门后面，贴着周三围写的情书：

中华人民共和国公民周三围向亲爱的老婆水弯弯郑重承诺：

第一，老婆的话就是圣旨。

第二，如果和老婆有不同意见，请照第一条执行。

这是水弯弯收到的第 88 封情书，也是结婚前的最后一封。

时光如水，把曾经的光鲜一点点地冲淡。门后的情书已然褪色。水弯弯心里长满了草，一大片一大片的，却是茂盛在昨天，枯萎在今朝。

水弯弯想起，当初周三围对她一见钟情，却羞于直接找她，就写了一封信约她哪天去看电影。没想到他们小区还有另一个人也叫水弯弯。等丢失了信封的信辗转到她手上，时间已经过去了两个星期。但他们还是去看了场电影。那天，月色很美，美得像她澄明的眼睛。周三围把雪碧的易拉罐环戴在她的尾指上，说：“你的手指，真是好看。”

水弯弯雀跃的小心脏扑通扑通，却转了个话题说：“你会一直给我写信吗？”“肯定的，一定的，必须的，永远的。”在水弯弯听来，周三围的声音就像大白兔奶糖，甜甜的，腻腻的。

两家相距并不远，但周三围还是选择了最古老最浪漫的方式。水弯弯想，等周三围写足 88 封情书，就把自己当最大的情书寄给他。

徜徉在爱情的道路上，水弯弯的每一个日子都是那么芬芳。

为了写出一封满意的信，周三围好像变成了完美主义者。有一回，他觉得水弯弯这三个字没写漂亮，居然一连用了十几个信封。他一句句地推敲着语言，有一个词不满意就重写。他把自己的想念写得如诗如画如水如歌，把收信人水弯弯感动得一次次掀起内心的波浪。

每封信的右下角，都有一朵周三围自己画的玫瑰，上面有盈盈欲滴的露珠，像水弯弯的眼眸。

为了相聚的时刻，他会一遍遍去逛商场，只为了给水弯弯全新的惊喜。

那时的两人，总有说不完的甜蜜话语，一封封情书像一座座栈桥，连接起两座山岚不同颜色的日光。

那段日子，快乐得不像他们在过日子，倒像日子溜过了他们。

可是……这世上，最怕的就是可是二字。它一来，事情就走到了反面。曾经的美好，似乎都被时间一点点震动一点点破灭。难道婚姻真的是爱情的坟墓吗？

如今，看着周三围发回来的六个字，水弯弯的脸阴得像下雪前的天，有着瑟瑟的冷。好在大家没有多说什么，又岔开了话题。

又一个情人节来了，水弯弯想温习温习爱情的味道，就明确要求周三围给她写封情书。周三围道："恋爱是脚踩白云，婚姻却要脚踏大地。努力工作就是最实在的情书。你呀，太不成熟了。"

这话一下刺痛了水弯弯，她拿出珍藏了 N 年的易拉罐环戒指，猛地丢到了窗外。

水弯弯恍恍惚惚觉得，周三围跑出去捡回了它，把它装进金丝绒小盒子里说："亲爱的，别生气。这是我们爱的信物哦。"

可是，周三围无动于衷。

此时，有叹息重重地落下，水弯弯正纳罕是谁时，却发现是她自己。

蔓草戒指

坐在小湖边的圆石上，花一朵有一下没一下地荡着双脚。有花落的声音，在身边缤纷如雨，柔一声细一声，宛如姑娘的叹息，水波一样荡漾开去。

遇上苗一棵后，朋友们都说他们是一对，连名字都是绝配。可是，苗一棵也太不把自己当一盘菜了。那天，花一朵回到家，发现衣柜大开，好多崭新的漂亮衣服不见了。花一朵以为家里来了梁上君子，正想大发牢骚，不想苗一棵淡定地说，我看你衣服太多，反正也穿不了，就打包邮寄到西部去了。

如今想起，花一朵依然怨气难消。她随手扯下一枚树叶，狠狠地撕碎。一扬手，残破的叶片漂在湖面上，委屈地看着她。

花一朵对着树叶说，我比你们更委屈。

花一朵怎会忘记，去年暑假，她和苗一棵去跳蚤市场淘了一个煤气灶和铁锅，东西有些重，苗一棵倒是挺身而出，一手一个。两人走在街上，阳光毫无遮挡地直射下来，花一朵觉得自己被烤成了一朵火花，听得见皮肤发出的噼啪噼啪声。花一朵提出打的，苗一棵想也没想，就说，那可不行，打的的钱，西部孩子可以吃上好多餐了。苗一棵向来有他自己的方向，就像水边的垂柳，一定朝着有水的方向伸展它的根。他的方向，从来不被左右。

好吧，随他吧，谁让自己爱他呢！

花一朵满心憧憬着旅行结婚，经济点儿不去马尔代夫新加坡吧，去一下人间天堂香格里拉那是必须的。然而，苗一棵说，跑那么远不烧钱吗，就在本市逛逛也蛮不错。更过分的是，苗一棵把原先存着给花一朵买戒指的两万元钱全捐出去了。他说，在电视上看到某个西部的女孩得了慢性粒细胞白血病特别心疼。你知道吗，这种类型的白血病特别棘手，钱花起来可是无底洞啊！可人家穷得像被水冲过一样。这钱，是拿去救命的。花一朵，你能理解吗？不能！花一朵记得当时的自己可以用气急败坏来形容。

如今，坐在小湖边，花一朵的心依然涟漪不断。你能原谅他吗？不能！花一朵自问自答。

苗一棵，我并不是没有爱心的人。可是，你在做公益事业的时候，你征求过我的意见吗？你尊重过我吗？我在你心里还有一隅之地吗？花一朵一连串地质问着，眼前的景物慢慢地模糊了。

花一朵抹掉了晶莹的液体，发现天色已经变暗了，暮云慢慢围合，仿佛疲倦的姑娘闭上了美丽的眼睑。花一朵恍恍惚惚地站起来，往回走。

在那个熟悉得不能再熟悉的十字路口，花一朵在一声刺耳的刹车声后，成了一朵殷红的花。

分针走了一圈又一圈，一圈又一圈……花一朵依然昏昏沉沉。

花一朵，是我对不起你。苗一棵喃喃着。

花一朵，你不知道，当年的我是在爱心人士的资助下才完成了学业。当时，我就暗下决心，我要将爱心像接力棒一样传承下去。我见不得孩子没书读。看见他们求知的眼神，就好像看见当年的自己。大学毕业后，我回家乡自己创业，这些你是知道的。虽说我是厂长，但我手下只有八个工人。我能起到的力量还很小。这两年，我考虑你的太少了，可我真的不能没有你啊。我的厂子，生产的是螺丝和螺丝帽，我觉得我们俩就是螺丝和螺丝帽，在一起生命才有了意义。

花一朵的眼角，滑出了两滴泪。

一周后，花一朵回家养伤。买菜、烧饭、洗衣、拖地，苗一棵什么都打理得井井有条。有几天，苗一棵躲在厕所里，对着一叠草穿来编去。

苗一棵，你的眼睛越来越大了。花一朵的声音满是怜惜。彼时，花一朵和苗一棵手牵着手走在公园的小路上。在一个转角的石凳处，苗一棵请花一朵坐下，他单膝跪地，取出了一枚戒指。

这是一枚蔓草戒指，有着可爱的蔓草纹。蔓草蔓蔓不断，寓意茂盛长久。

花一朵幸福地伸出了手指……

香芋冰激凌

她在他眼里俨然一朵芬芳的蔷薇。他，为她和别的男生打架；为她偷偷去采公园的睡莲；为她通宵抄写笔记。

他和她真是有缘。幼儿园、小学、中学，一路走来，他俩都是同班同学。他和她，仿佛是老天有意要成就的良缘。

他是那么爱她。当初为了她喜欢的 MP4，他吃了整整一个月的馒头。她的脚掌下长了小硬块，走久了就疼，他就四处寻找，给她买鞋底厚软的漂亮鞋子。她稍稍放慢速度，他就会蹲下来，把她当小屁孩一样在背上颠着走。

遇上这样的好男人，她觉得自己每天心花盛开，噼啪有声。可是，慢慢的，生活改变了原先的模样。

一日，熏风轻暖，她和他一起走在热闹的大街上。她吃着他买的香芋冰激凌，有说有笑。在一个路口，有个女子走过来向他问路，他马上收住和她说的话，热情地指点。看着这画面，她感觉胸口有一股气冲上来，怎么按也按不下去。也许，她也没打算按下去。她气呼呼地甩了冰激凌，紧走几步，不想又扭伤了脚踝。他追上来，帮她揉搓。她生气地吼道："你凭什么对人家这么亲热，瞧你说话的语气，人家是你什么人啊。"他赶紧将自己调动为安抚频道，不停地道歉。后来，他买了一束玫瑰花，再加一个香芋冰激凌，才平息了这场风波。

几天后，她和他坐着公交车，赶赴某女鞋市场。在一个站点，他看见上来了一个孕妇，就站起来让座。下车后，她把脸拉得长长的，说他对别的女人过于热情了。他说，人家是孕妇，应该得到照顾。她说，那明明是个胖子。两人争得不可开交。最后，她气呼呼地说："买什么鞋子呀，脚都气歪了！"于是，他和她又搭了公交车回家。乘客上上下下，他再也没起过身。为避嫌，他一直闭着眼假寐。

日子像磨盘，在嘎吱嘎吱声中过去。那天，他郑重地提出了分手。

他认真的神情把她吓住了。她大声质问，当初是你死皮赖脸追的我，我又这么爱你，你怎么还不满意！

他说，你这种没有自由的爱，快让我窒息了。

可是，你一直都很快乐呀。我们在一起不是很幸福吗？你忘了，我们一起做晚饭，一起看电视，一起压马路，一起找萤火虫……她恨不得把所有幸福都掏给他看。

他说，你管我管得那么紧，我如何感受你说的幸福？

这个在她眼里一直很沉稳很宽容的男人，居然一说起来就是一大串。他说，你知道我最不能忍受的是什么吗？是一个男人，丢失了他喜欢的工作！你这样做，让我觉得很累。我好像成了一个被捆绑的人，无法自由呼吸。

她这才知道，原来他是那么在意他的工作。往事像电影幕布一样徐徐拉开。

他开了一家女装店。他总是热情地给顾客挑选衣服裙子，根据她们的体形和气质给出一些建议。

他的回头客特别多，生意日益红火。有一次，她下班后去他那里，看见他手臂上挂着一条湖蓝色的裙子，正看着一个穿着一身茄子紫长裙的女人，嘴上说着："漂亮，这颜色这款式非常吻合您的气质。"

她踩着风火轮过去，看见那裙子居然还是低胸款。她想象着他的目光像蛇信子一样舔来舔去，她的脸顿时成了茄子紫。当时，她强忍着心中的怒火，没有发作。回家后，她坚决要求他换个工作。他不愿意，说："照你这样理解，那女人就不能卖男装了。就是卖个蔬菜，也应该按顾客的性别分类不成！"

她说："我不管。我只觉得你这工作让我不安心，你愿意让你的女人过不安心的日子吗？"其实，她更想说，你接触的女人太多了，这样的工作太不安全。谁知道暧昧的故事什么时候会隆重上演呢！她没有说出口，她想给他，给他们的爱情，留点自尊。

没想到如今，这点自尊猝然掉在了地上，发出玻璃般破碎的声响，就像她破碎的心。

在这个声响里，她听见他在说，每次出去，你都随时要求我发视频。你不知道，这让我多么没有尊严！我的朋友们，几乎要把我看成另类。

她听了，眼泪簌簌地落下来，像下起了花瓣雨。内心的冲突像艾火在燃烧。她说，小时候，你就爱往女生堆里扎。幼儿园大班，有个小女孩就回家和妈妈说，她最喜欢的是你。一直以来，你就很有女人缘。我很爱你，生怕失去你。我想现在把你管紧管好了，以后你就能自己管好自己，我们的爱情就能绵绵长长。

看着她梨花带雨，听着她对未来的憧憬，他的心又软了。

其实，他自己知道，这么多年的相依相伴，他的心从来没有硬过。只是，他真的担心，假如任由她这样下去，她会不会丢了原本纯真开心的自己；他不知道，假如这样的状态不做出调整，他们的爱情会不会像阳光下融化的香芋冰激凌一样彻底丢失。

他的目光温柔地落在她的脸上，她楚楚可怜的模样让他心生怜惜。他忍不住开口道，你知道吗，其实，我的心里一直只有你。我对你的一再迁就，不是因为我错了也不是因为我怕你。我要和你过的是一辈子。好男人不是管出来的。只要彼此相爱，只要有足够的爱，就能跨过一切。他说着，轻轻拥过她，举手投足间，是满满的温情。

她的心底，有什么东西在蓦然生长，像嫩叶片片，像鲜花朵朵，每一片，每一瓣，都是那么温润。她终于明白，生活千手万手，爱是观音；道路千条万条，爱是罗马。

桃花泪

又是一年三月。水墨站在桃林里，看着那晶莹的泪默默地从桃树的伤口流出，越积越多，一朵朵，都是桃花泪。

两年前。美丽的浅草，如仙子般飘然来到了桃花村。

三月的桃花村，美得像一幅烂漫的画。村舍宅前，渡口溪边，朵朵粉艳连成一片红云，临风摇曳出盎然的春意。

直看得浅草呆了，久久挪不了步子。

她来到一棵老树下，只见树干上流出一团团半透明的东西，闪着琥珀色的光。浅草轻轻一碰，那东西弹了弹，还有点黏糊糊的感觉。

“这是桃胶。它是桃树的伤口分泌出来的，也叫美人泪或桃花泪。据说当年还是慈禧太后钦点御用的养颜补品呢。”不愧是大学生村官啊，水墨讲起来一套套的。

“那我也要养颜。”浅草说着，就想上前去摘。她的脸苍白如纸，在桃花的映衬下有了一点儿生气。就在右手将触未触时，浅草脚步一踉跄，差点儿跌倒。浅草娇喘着站稳了，葱样细白的手指摘下一朵桃胶，轻轻触摸，感觉像橡皮泥一样。浅草捏来捏去，就捏出了一颗棒棒糖的样子。

桃花村的天好蓝，桃花好粉，浅草的笑容好美。浅草和水墨在桃林中穿梭，一个个日子有了不一样的色彩。

某天，浅草突然发现她原本苍白的脸上长出了三两个小斑点。她正对着圆镜查来看去，水墨来了。水墨看了看说：“你是突然间阳光照多了。这个好办。吃桃胶就是。”

“怎么吃啊？还是算了吧。”浅草说着，眼神飘向了远方。

“这事包我身上。你放心吧。”水墨拉过浅草细白的手，带着她往桃林走。

次日，水墨将浸泡过一夜的桃胶端出，细心地将泡软的桃胶表面的杂物去除。树皮、树叶、灰尘、虫子，桃胶里似乎什么脏物都有。好容易剔除了，水墨又一次次地用清水濯洗，再加入几滴米醋漂洗，然后掰成均匀的小块，和洗净泡过的银耳一起煮。

这是一个繁琐的工程。水墨做得很快乐，他的嘴角总是月牙一样弯着。

“好吃！”浅草用瓷调羹舀起那红白相间的美食，慢慢地尝了一口。

“坚持吃，要不了多久，就能美美的。”水墨说着，抬起了头，正好撞上浅草的目光。浅草原本苍白的脸突然红了，像粉粉的桃花。真好看。

一天，又一天。吃着水墨做的桃胶银耳羹，浅草的小斑点神奇地消失了。两人的心也走得越来越近。每天只要看见浅草，水墨的心就像开出桃花，灿烂，美好。

可是，浅草要走了，都市才是她的家。浅草的妈妈一连催了好多电话。那几天，浅草的眼睛总是红红的。她看着水墨，一次次欲言又止。

没有浅草的日子，水墨依然觉得浅草还在，在和他一起采桃胶，煮桃胶银耳。他执著地采下最干净新鲜的桃胶，晒干了寄给浅草。他给浅草打电话发短信，却没有回音。

慢慢的，他明白了。他，配不上她。爱情，是有尊和卑的。他，只是在一厢情愿。可是，多少次午夜梦回，浅草苍白的脸，在他眼前闪动。他，忘不了她。

一年后。他突然接到了电话，浅草的电话。他的心跳莫名地加速了。可是，说话的却是浅草的妈妈。水墨有一种不祥的预感。

原来，当初浅草不是炒了老板鱿鱼，一个人走得远远的散心，而是得了不治之症。她不愿意让自己最后的时光一直待在钢筋水泥的丛林里。她只是想呼吸一回真正纯纯的空气。可是，她遇上了纯纯的感情。她的心在挣扎，在痛苦。最终，她选择一个人默默恋爱，不想让水墨为她牵挂。她把美好的回忆当做氧气，度过了最后的时光。

“你寄来的桃胶，浅草很喜欢吃。”电话里，似乎可以听到浅草的妈妈泪水砸在地上的声响。水墨仿佛看见了很多很多的桃花泪，朵朵晶莹剔透……

槐树也相思

这棵歪脖子槐树，是我祖父的祖父结婚那天栽下的。

老槐树伞盖巨大，枝条纵横，吸引着麻雀叽叽喳喳。

眉子很喜欢它。她喜欢听鸟鸣啾啾。眉子说，可爱的鸟叫声，像吸足了水分的青草，轻轻一掐，柔情满地。春天时，眉子还会捡点干槐花。眉子说，把槐花塞进枕头，觉就香了。

我喜欢眉子。那天，趁着眉子又亲近槐花时，我说，眉子，嫁给我吧，以后我给你捡干槐花，做一个香香软软的槐花枕头。

眉子真的成了我的老婆。

可是，我明明在枕头下塞了槐花，怎么还是睡不着？

眉子在另一个城市上班，周末的时候才回家。槐花枕头成双成对，却大半过着单日子。好在我们天天微信视频聊天。眉子总喜欢让我聊聊槐树。

老槐树，可是有故事的。我一开头，眉子就来了兴致。

当年，我的祖父是个货郎，经常跑邻县走街串巷鸡毛换糖。祖父焊了两只铝皮箱。祖母做好三四斤糯米糖，薄薄的，像饼一样，一层一层放好，每层垫一些粉，放上九层十层。另一只铝皮箱放一些针线之类。祖母将它们分别放进两只大大的箩筐，再放上板蒸、糖刀以及拨浪鼓等。

“鸡毛换糖——”祖父吆喝着离开了家，却把寂寞留给了祖母。

长夜漫漫，白昼也漫漫。有一天，年轻的祖母被槐树的声音吸引。原来，是两只麻雀在唱歌。声音充满柔情。祖母被迷住了，不知不觉出了神。看，这只麻雀还给另一只梳理羽毛，两喙交集，好像在密语。

突然，一个声音在身后响起：“看什么看，也不害臊！”

祖母一惊。转身见婆婆把小眼睛瞪成了牛眼睛。祖母猛然明白，原来那两只麻雀正在……祖母不敢继续往下想，只听一个严厉的声音传过来：“我们王家可是清白人家。我们祖上，还出过贞节烈女呢。”

婆婆带刺的话好是过分。祖母羞红了脸，赶紧退回房。

从此，祖母变了。她不言不语，经常盯着槐树看。婆婆讲什么，她好像没听见一样。有人说，她得了抑郁症；有人说，她得了相思病。只有老槐树没有变。它和以前一样在风中唱歌。麻雀停在它身上，跳来跳去。麻雀的歌声，像羽毛在阳光下飞翔。

麻雀的叫声，是母亲的闹钟。

父亲在建筑工地干活。母亲一人撑起了家里和家外。晨曦微露，麻雀哼起了曲子，母亲就起床了。日子清贫，母亲照样过出了滋味。春末，槐树枝头绽出饱满的蕾来，母亲叫它槐米，说是中药。她用带钩的竹竿采下它们，送到代销店之类的地方，换点家用。

父亲回来的日子，家里就热闹开了。春天，母亲摘下槐树的嫩叶，捏出一个个香喷喷的窝头。夏天，槐树开出了淡绿色的小花。母亲摘下尚未完全开放的槐花，用开水烫烫，做槐花鸡蛋汤。

在槐花的香气里，父亲整天乐呵呵的。乐呵呵的父亲会用槐树的茎梗编一个笊篱。槐梗编成的农家用具好像比爱情赠物更让母亲欢喜。

一次，父亲趁着酒兴对母亲说，我不在家的日子，你会倚着咱家的槐树害相思吗？不说，我可砍了它。

母亲不回答。心说，说什么酸话呢。日子不就是这样嘛。你要砍了它，我就不理你。

我们把树砍了吧。那天，眉子拿出枕头下塞着的一小撮槐花，对我说。

眉子的脸在桃红枕头的映衬下，显得娇楚动人。那双会说话的眼睛好像盛满了蓝盈盈的水。

我知道眉子的心思。视频微信确实让我们天涯成咫尺。但相聚的日子谁不愿意时间走慢点走轻点呢。可是，大清早的，树上的麻雀只只像中了大奖似的，真是搅人美梦啊。还有那槐树，风一吹，就不安分。

眉子，你舍得吗？舍得吗？我把干槐花撒向眉子的粉脸蛋。眉子咯咯地笑了起来。它是我们的媒人呢。我哪里会真舍得！

是啊，我的祖父挑着货郎担离家远行，我的父亲在远方的建筑工地挥洒汗水，我的眉子在另一个城市打拼。时光在奔跑，追求也在代代更新，可浓稠的思念从来没有改变。

每一个寂寞的奋斗的日子，是老槐树将我们长长的相思穿起，在风中谱写一曲曲动人的情歌，像朝阳下的藤蔓伸出温柔的触角，在相爱的人心里划出温暖的波。

情侣指

小桃和小李的手指甲总是红红的，美美的，在指甲花开的时节。

有人笑话小李说：“你一个大老爷们，怎么也染指甲？”小李笑笑，并不回答。

可是，次数多了，小李也有了情绪。本来，小李觉得他那么爱小桃，任由她怎么耍，都不要紧，只要自己喜欢的女人高兴。

那天，小李和小桃牵手走过，分明听见有人说：“小桃的男朋友，女人一样的，还染指甲呢。”声音不响，但小李和小桃听了个真真切切。小桃止住脚步，转过身，迎着人家的目光，笑着说：“就许你们穿情侣装，戴情侣帽，不许我俩染情侣指？”大家就都笑了，笑声爆米花一样四处滚动着，满地芬芳一片。情侣指，多么美的名字！

小桃家的院子里，靠围墙的地方开满了指甲花，粉红的，大红的，一朵朵，一串串，煞是漂亮。每过三四天，小桃就会在傍晚时分摘指甲花。小桃挑选将开未开的指甲花，一朵一朵地摘下，然后加上一点点白醋，把它们捣烂，再挑选一张干净翠绿的南瓜叶包好。这些动作，她全是送给小李的。过上一会儿，她就会拉过小李的手，看看指甲花有没有滑到指腹上。每次，她都不忘碰碰包着的指甲花说上一句：“乖乖，别乱跑哦，晚上睡觉也要乖乖。明天，指甲就很漂亮啦。”

至于她自己的指甲，小桃就显得马虎多了。有时，她舍不得花瓣，直接就用叶子代替了。她老是干这干那的闲不住，有时指甲花就打滑了，把指腹染成了红黄色。小桃看见了就咧嘴笑，说：“看看，我手上的指甲花，也是调皮的主。”

看着小桃认真又可爱的模样，小李又怎么忍心拒绝呢？虽然，他的心是排斥的。情侣指，那不过是小桃为她自己赶新潮的游戏，找了个浪漫的名字而已。普天之下，哪有堂堂男人染红指甲的！哎，这个小桃，真拿她没办法！

一晃两个月过去了。小李已经不记得他们染了多少次情侣指了。这天，小桃看着他的指甲开心地叫了起来：“真的灵啊！他们还说因人而异，有的能治好，有的治不好。你看，你的治好了！”

小李一看，的确，困扰他多年的灰指甲已经不见了。

“谢谢你，小桃。你怎么不早说呢？”小李感激地说。

“我怕说出来就不灵了呢。”小桃用食指点了点小李的额头说，“再说，我也想给你惊喜啊。”

海滨的约会

海滨的风景真的好美。帐篷、小船、蓝天，就像画一样。

女人穿着泳装，戴着墨镜，坐在船头。男人穿着泳装，戴着墨镜，坐在船尾。

男人的右手撑着一把带浅蓝色的碎花小伞，左手拿着一个高脚玻璃杯。杯子里盛着紫宝石色的西雅丝。这是女人一直期盼的红酒。

男人的杯子碰了碰女人的杯子，说："老婆，还记得我们的初次相遇吗？"女人轻抿一口西雅丝，说："怎么会忘记呢？那天，你点了一笼小笼包子，用筷子戳出一个洞，一口一个狼吞虎咽。我恰好坐你身边，有一个包子喷出汁水，把我的衣服都弄油了。"说到这里，女人和男人都笑了起来。

"老婆，下次我们来海滨玩，一定要带上宝宝。"男人又碰了碰女人的杯子。"我们的宝宝一定很喜欢这里。到时我要给她买一副茶色眼镜，一条像大蘑菇的蓬蓬裙。"女人眼神迷离起来，好像看到了美丽的日子。"如果是儿子，我要给他买钓鱼竿，陪他钓海里的鱼。"男人接着憧憬。

男人和女人就这样一直聊啊聊，聊得小花伞休息了。最后，女人挪到男人这边，把头靠在男人胸前说："老公，谢谢你。"过了一会儿，男人跟着女人站了起来。男人收起帐篷和充气的塑料小船，说："等你病好可以出去了，我带你去真正的海滨。"

女人的笑容滑落苍白的脸："去一趟海滨，和相爱的人尝尝西雅丝说说情话，是我奢侈的梦想。现在，我实现了。我死亦无憾了。"

一个月后，女人合上了眼睛。彼时，她的嘴角是一抹爱的微笑。

鱼儿的爱情

校园里的苹果树开花了，一树的浅粉，在四月的风里走出氤氲的清香。鱼儿从花下经过，总忍不住要停下来看几眼。苹果花美丽芬芳，一朵一朵相亲相爱，为什么自己还不如一朵苹果花?

鱼儿是个自卑的女孩。她觉得自己不漂亮。不漂亮的女孩是没有爱情的。这是鱼儿的逻辑。

因此，当阿班说喜欢她的时候，鱼儿怎么也不敢相信!

“你确定吗？”

“我确定。”

“为什么？”

“不为什么。喜欢就是喜欢。”

反反复复地追问后，鱼儿相信自己的爱情降临了。她的心跳得好快。她甚至觉得这时候流点鼻血，也是不过分的。巨大的甜蜜感似乎要把她融化了!

阿班是个长腿欧巴，帅气又阳光，走到哪都是一个闪光点。可他居然没看上班花果果，却喜欢上了自己!鱼儿记得书上说，爱是最说不清的事情。没有理由地喜欢一个人，就是爱情的模样。鱼儿觉得自己这棵总是低着头的狗尾巴草，成了挺着脊梁的抽穗麦子。每天，她都能听见自己抽穗的声音，那是爱情的声音。阿班，阿班，今天给阿班买什么做什么，她的脑海里跳出的总是那个名字。每天的空气，她闻着都是香香的，像苹果花的味道。

那天，鱼儿和阿班一起逛商场。一圈又一圈下来，鱼儿买下的全是阿班的衣服。有一款皮夹克，要八千多元，阿班看了又看。离开时，又回头看了一眼。一回家，鱼儿就悄悄和妈妈联系，叫她打款过来。次日，鱼儿一个人去了商场，直奔皮夹克专柜。远远的，她没看到当初的衣服，心里一阵慌乱。到了才发现，是一对情侣看中了它，正在试穿。营业员在一旁说：“我家的衣服，每款只进一件，过了这个村就没这个店。”鱼儿的心咚咚地跳起来。她想说：“你们让给我吧。”但终究没有勇气。她就站在边上等着，装作在看别的衣服的样子。只听小伙子问了价格后，对女朋友说：“太贵太贵，不过是一件衣服而已，没必要这么奢侈。”说着，就拉起女友走了。鱼儿觉得自己真是太幸运了！

当鱼儿把皮夹克送给阿班的时候，阿班一把抱住了她。“鱼儿，我就知道你对我最好！”说着，阿班的吻落了下来。

过了一段日子，阿班带回来几张照片，是他们摄影社团里同学们的作品。他摆出其中的两张，对鱼儿说：“这效果，全是单反的功劳。照片要美丽清晰，相机的档次是关键。”鱼儿说：“那我们买一个就是。”“可是，好一点的单反，要两万多呢。”阿班说。“没事，两万多就两万多。”鱼儿很干脆。

次日，鱼儿就买了一个单反相机送给阿班。阿班抱着鱼儿转起圈圈，转完了，又送出一长串的吻。

一个月后的周末，阿班带着鱼儿去郊外玩，他们骑的是双人自行车。鱼儿觉得很浪漫。中途休息时，阿班捋了捋鱼儿耳边被风吹乱的长发说：“如果有辆汽车的话，就不用忍受风啊雨啊的。咱们还可以经常开着车子出去玩。”说话间，阿班一脸憧憬的神情，两眸子闪闪发亮，像两颗星星在闪烁。

自然，星光闪进了鱼儿的心里。当鱼儿向妈妈说起买车的事情，妈妈有些不同意。但最终，还是拗不过女儿，给她汇了十几万。阿班的甜言蜜语和那一个个的吻让鱼儿深深沉醉。

没多久，阿班的行头全换了。手机、手表、相机、皮包，他身上的每一样东西，都是鱼儿买的。鱼儿觉得，这根本没什么，为了爱情，付出点金钱算什么呢。

后来，阿班去了北京工作，鱼儿留在浙江。阿班三天两头地要求鱼儿汇钱。鱼儿还是和以前一样有求必应。不过，鱼儿总觉得阿班出什么状况了。以前，鱼儿给阿班打电话，阿班即使当时没接上，事后肯定回电。现在呢，经常打上一串也不回。一天又一天，鱼儿度日如年。她进了阿班的微博朋友圈，一条条地看，看到阿班某一条写着：“这个城市，给了我很多温暖。岁月热情，时光柔软。”鱼儿带着七上八下的心，赶了过去。她来到自己给阿班租的房间，女房东告诉她，那男的早退房了。鱼儿给阿班打电话，阿班终于接了。他没好声气地说：“我正忙呢！你这是干吗！”

鱼儿的倔强劲也上来了。她不信自己就找不到阿班。

还真是找到了。同时找到的是真相。阿班喜欢上了一个北京女孩。两人同居一段时间了。在那个房间里，鱼儿见到了冰箱、电脑、电视机等等。它们，都是用她的钱买的。这个她全心全意对待的男人，用她的钱去和另一个女人过起了小日子。这让鱼儿情何以堪！

原来，当年的阿班看中的只是自己富裕的家境。

情到深处心已碎。带着累累伤痕，鱼儿选择了转身。

也许，鱼儿早就应该知道，她的爱情里没有真正的爱情，她只是一个知冷知热的提款机罢了。可她就是不愿意去面对，希望自己还能生活在童话般的城堡里。她以为，她有条件提供王子优越的生活，王子就会爱她一辈子。

如今，她终于明白，低到尘埃里的爱情不是爱情。

又是一年四月。鱼儿想起当年校园里的苹果花，淡淡的颜色，似乎毫不起眼。可是，苹果花自信地美丽在枝头，过出了甜蜜的日子。她恍然觉得，自己也成了一朵苹果花，昂着头，咧着嘴，迎接着真诚而平等的爱情。

娟子和杀猪佬

娟子和陈大根结婚 26 年了，小日子过得像倒啃甘蔗——越啃越甜！

有人问娟子说：“陈大根长得并不咋样，又是个杀猪佬，你一个大美人怎么会看上他？”

娟子望着发问者淡淡一笑，说：“你们看到的只是他的外表。”

其实，当初娟子的父母也是看不上陈大根的。陈大根长得小鼻子小眼睛的，双腿又细得像两根竹竿。这样的身板能干什么呀？娟子的父母经常望着陈大根的背影这样说。

奇怪的是，陈大根杀猪的本事却像狂风一样地传播着，大家都喜欢叫他杀猪佬。

在东阳的农村家家都有养猪的传统，上门杀猪便成了一门手艺。娟子妈更爱养猪，一养就是三四头，一年出栏两批，共七八头。慢慢的，娟子的父母和陈大根就熟了，娟子和陈大根也就熟了。

年幼的娟子对什么都好奇，尤其是杀猪。杀猪往往选择在凌晨的三四点，因为猪肉要在大清早卖出去，不起早不行。

娟子爸一再强调小孩是不可以看杀猪的，可那猪的嘶叫声总是吵醒娟子，娟子也就起来看热闹了。娟子看见那个瘦猴般的杀猪佬陈大根随身带着一只长长的竹篮子，里面装着各种型号的杀猪刀。等猪捉到案板上，还未等旁人看真切，只见刀光一闪，尺把长的尖刀就进了那猪的脖子。据说此时必须一刀毙命，15 秒之内就必须出血，否则肉质就不鲜美了。她看见陈大根熟练地用脚把那接血的木盆往猪身下一拨，刀出血溅，带着热气的猪血便如注而下。

那时娟子家的灶台有三口锅，里面的锅最大，直径二尺六，能烧开五六十斤开水。农家的硬柴熊熊燃烧，大锅里的水烧得上下翻滚，溅起一朵朵热情的花儿，这时的水叫猪毛汤。杀猪佬开始捞汤了。他取一个豆腐桶，将滚烫的水舀进去，再用冷水冲进几瓢。冷水要冲得恰到好处：冲少了，热度过高，成了老汤；冲多了，太凉，又该再烧。否则，猪毛就褪不好。汤捞好了，马上将整只猪浸进去褪毛。刮刀所过之处，皮肉顿时雪白。等到猪成了白花花的一片，杀猪佬就切下猪头，将猪身挂在梯子上剖成两半，再把肚里货取出放在米筛上。杀猪佬的技术好不好，看的就是他捞汤的功夫。

陈大根步步利索，惊讶得娟子每每喊过瘾。那些年，没什么娱乐的项目，看杀猪像看电影一样精彩。再加上杀猪那天，有美味的猪肉享用，娟子就特别盼望陈大根的到来。

有人和娟子开玩笑说："娟子，长大了就嫁给陈大根得了，天天可以看杀猪，天天都有猪肉吃。"娟子便腼腆起来，脸红得成了春节时贴的门联。

几年后，娟子到了可结婚的年龄了。这时，陈大根那熟练的杀猪技术和他那朴实的形象便经常映现在她眼前。有瓜果梨枣了，娟子就偷偷地送去给陈大根吃，有时还到陈大根家去给他洗衣服。娟子爸知道了很郑重地对她说："这陈大根太丑了，又是个杀猪佬，名声难听，你去接近他干啥？"

"丑俊又不能当饭吃。靠本事吃饭有什么难听的，俺就爱他那套杀猪本事和朴朴实实的样儿！嫁给他，俺不会吃亏的。"

就这样，娟子嫁给了大她 8 岁的杀猪佬陈大根。

陈大根还真是个热心肠的人。他经常买包子给一个年老的讨饭人吃，还长期接济村里的一位孤寡老汉，每逢过年过节，必送米和油上门，还拎上一块鲜猪肉。陈大根人也勤快，他炒菜刷碗什么活儿都干，从来舍不得对娟子嚷一声。

可是三年后，战争爆发了。这时两人的女儿已两岁。一天陈大根躺在铺上睡觉，让女儿坐在一旁的一大堆西瓜皮上玩。娟子回家了，一眼就看见女儿脏得不成人样，墙壁上还密密麻麻地落满了苍蝇，娟子拿起灭虫灵药壶就是一阵狂喷。苍蝇纷纷落在地上，落在陈大根的身上和脸上，簌簌有声。陈大根从床上猛地跳起来，一把夺过药壶就扔到了地上。

“陈大根，你以为我是猪由你屠宰吗？你自己偷懒把女儿带成这样，我自己拿药壶喷苍蝇就已经给你面子了，可你你……咱俩离婚，离婚！”

娟子拉着陈大根就往镇上走，直奔三年前他们领结婚证的地方，可是那地方居然已变成了敬老院。娟子问办离婚证的地方去哪里了，几个人都摇头说不知道，还用异样的眼光看着她。

“杀猪佬，你把我背回家，我就还和你过。”娟子对着陈大根吼了一嗓子。陈大根只好乖乖地转过身去把背送给了娟子。

回程整整二十里路，上坡下坡的很难走。

今天我不折腾死你这个杀猪佬我就不罢休，娟子想着，腾地跳到陈大根的背上，揽住他的脖子，双脚蹬了一下，说：“走！”

陈大根很瘦，背上好像没有肉。可为了让娟子舒服，他走得很安稳。在陈大根的背上，娟子想起陈大根半夜起床，却舍不得惊动自己，总是黑灯瞎火地摸索着穿衣服；娟子想起陈大根知道自己腰不硬实，就一次次带回猪腰，用灶火煨给她吃。娟子的心就一点一点地疼了。

“我和你一起走吧。”才走了一里地，娟子就从陈大根的背上下来了。

他俩手拉着手，一起往家走。这一走，就是23年……

你的浸润，舒展了我的容颜

29 岁那年，小霜嫁给了 30 岁的小桥。

终于从剩女的队伍中出列，小霜的朋友有的祝福，有的嫉妒，更有的投射着怀疑的目光。

其实，小霜自己也不是很踏实。聪明的小霜喜欢文学，为人贤淑，但她总觉得自己和小桥之间有道鸿沟，让她不知如何跨越。虽然小桥执著与真诚的眼神，让她扑通一下掉了进去。

小霜初中毕业，只读了 8 年书，小桥研究生毕业，工程师，读了 15 年书。学历不是一道门槛，而是一面滑溜溜的高墙，让人不知如何攀登。

小桥每天去公司上班，要转两次车，为赶点，他不得不早早起床。晚上回家，小桥经常为设计图纸忙到深夜。为了赚更多的钱，有时，他还从私人手里接下设计的工作。

小霜很心疼，也觉得自己很没用。她曾试着去摆摊卖服装，却因为租金高利润少，遭遇了滑铁卢。很多时候，小霜觉得自己和小桥就像春天和秋天，夏天和冬天，永远没有临界的时候。

某个阳光很软的周末，小桥点开电脑网页，指着“霜桥依依”对小霜说：“这是你的服装店，什么时候有心情，就去进些服装来。你就当做娱乐吧。”停了停，又说，“这是我给你申请的 QQ，这样联系起来方便。”

网店、QQ，一切都是那么新奇，它们在小霜面前开启了一扇蔚蓝的窗户，和天空一样明媚的颜色。小霜的心也明媚了起来。电脑盲小霜从此煞有介事地学起了打字，学起了拍照上传等在她以前看来很遥远的事情。

从此，小霜也忙了起来。

一年里，小桥总要出差几次，几乎每次都会给她带梳子。开始，小霜没有注意，后来发现，小桥特别喜欢买回梳子，除屑梳子、带镜梳子、保健梳子，它们大大小小，形状各异，却一律都是木头梳子。“木头梳子不会产生静电，经常梳能疏通经络，提神健脑，消除疲劳。”爱看报的小霜想起这句话，不由得心里涌起一种暖，像烟尘一样，慢慢散开，飘摇。这个长相粗犷的男人，虽然不爱说话，但还是会傻乎乎地来点事。小霜想着，微微地笑了笑。

以后的每一天，小霜都细细地用木梳梳理她那头长长的头发。有时，她让长发像春日的阳光一样倾泻而下；有时，她又让它变成会摇摆的马尾；有时，直接在头上插一把木梳，理出一朵别致的花儿……但小霜总觉得缺了点什么。

某日上午，阳光像长了脚，一小步一小步地爬到房间里。小霜在阳光下整理书报和抽屉时，发现了心形的绒盒子。那是结婚后小霜送给小桥的皮带盒。打开来，扑入眼帘的是一绺长头发，它们整齐地弯曲着，在温柔的阳光下，像新生儿幸福地睡在摇篮里。拿出长发，小霜发现盒子里还有一张粉色的小便笺，上面是熟悉的字体：都是网店惹的祸。小霜的头发掉得越来越厉害了。自作聪明的你原来出了个馊主意……

小霜以为自己的眼睛会刮起湿润的风，没想到却爆了句粗口：“这个死小桥！”

小霜被自己的声音吓了一跳，同时，心蓦然变得柔软起来，像熏风送暖春雨浸润，眼前分明是一片明媚的春光。

从此，小霜的芥蒂彻底消了，那堵滑溜溜的高墙被夷为了平地。

也许，所有的女人都是这样，以为幸福是别人给的名分，喜欢自己给自己围一道感情的栅栏，一旦知道这栅栏是何其多余，知道男人是何等真心，就会在心的原野上自由地奔跑，跑出最大的能量。看吧，这个只拥有初中文凭的小霜不仅经营了网店，还有滋有味地忙于剪报、烹饪，将日子过得风生水起。有时心血来潮，她还写点豆腐块向报社投稿。在一次电台的情感征文中，小霜的文章还赢得了一等奖，获得了夫妻双双去海南三亚旅游的奖励。

其间，小霜这样写道：

让你的干枯，柔柔的/在我里面展开、舒散/让我的浸润/舒展你的容颜//我必须热，甚至沸腾/彼此才能相溶//我们必须隐藏/在水里相觑相缠/一盏茶工夫/我俩才决定成一种颜色//无论你怎样浮沉把持不定/你终将缓缓地/落下，攒聚在我最深处……

这是张错写的《茶的情诗》。我想，婚姻也像泡茶，而你的浸润，舒展了我的容颜……

有些喜欢，需要尘土飞扬

听说谢朵朵有了男朋友，羊小路的心碎成了风中的花瓣。

这次同学聚会，是他的高中同学小车通知的他。羊小路本来不想去，但他实在扛不住内心的挣扎。他真的想看看谢朵朵，就是看一眼也好。

谢朵朵来了。谢朵朵坐下了。谢朵朵在笑。

羊小路的眼睛成了摄像机。

不知什么时候，谢朵朵走到羊小路这桌敬酒：“小路，你好吗？”小路觉得谢朵朵弯弯的眼神有不一样的内容，他借着酒劲说：“不好。一点儿也不好。”有同学在边上说：“是想朵朵了吧？”

羊小路醉了。谢朵朵醉了。同学们一个个都回去了，他俩还在喝。

其实，羊小路没有醉。谢朵朵也没有醉。

羊小路的体内涌动着醇香的美酒，更有涛声一样的激情。他的勇气在积蓄了这么多年后猛然爆发。

朵朵，你知道吗？我一直暗恋你。你知道为什么你每次去早自修，教室门都已经打开了吗？你的成绩那么好，早上去得那么早，我真怕你吃闭门羹，冬天冷夏天热的。我不知道能为你做点什么，就每次早早起床，赶到学校开了门，又悄悄躲进学校后面的松林里。有时下雨，我就躲进厕所。我不敢让你知道。你知道吗？如果说我是丑小鸭，我就是从鸭蛋里钻出的丑小鸭，我觉得自己永远变不成白天鹅。

小路，你喝多了。

我没有。你让我说。放学后，等大家都走了，我就坐在你的座位上。

什么也不做，就那么静静地坐着，感受一下你的气息。高中三年，我一直傻傻地做这两件事情。可是，我是个爱情的懦夫，提不起表白的勇气。

小路，你真的喝多了。

没有。我很清醒。朵朵，做我的女朋友，好吗？

朵朵似乎没有明确表态。但可以明确的是，这次的聚会后，两人的感情有了突破性进展。羊小路能感觉到自己和朵朵的距离近了。谢朵朵看自己的眼睛里，像蓄着一汪清亮亮的水。羊小路终于明白，爱一个人，暗恋是最没出息的。喜欢一个人，就应该尘土飞扬，让 TA 知道，让别人知道。可不是，自己借着酒劲的表白，既赢得了心上人，又把情敌轻轻松松地赶走了。

可是，小路的心总是七上八下的。谢朵朵是一朵娇艳的花，谁不喜欢呢。一次，谢朵朵参加校园社团的微电影拍摄，和一型男扮情侣，羊小路知道后，特别不高兴。他想到那汪清亮亮的水要献给别的男生，就心里长疙瘩。他跑到谢朵朵的学校，想和型男干上一架，被谢朵朵劝下了。

此后第三天，羊小路和谢朵朵去外面吃饭，一位长相帅气的男人认识谢朵朵，送了他俩一道香菠鸡柳。羊小路当场就把桌子掀了。

“你是什么东西，高富帅对不对？”羊小路脸红脖子粗的样子像一只好斗的公鸡。

“人家明明是好心，你置什么气！”此时此刻，最尴尬的自然是谢朵朵。她不想让对方难堪，更不想让羊小路继续失控。好在对方是个大肚男，不和他计较，闪身走了。他回头的那一眼，谢朵朵觉得很有意味，是同情她，还是笑话她？谢朵朵不得而知。

羊小路的动静就这样一点点大了。他的脾气随着日子的推移一天天地长了。同学小车劝他说，你这样做，伤感情。

羊小路回答：我爱她。

在不久后举行的生日派对上，谢朵朵收到了好多礼物，有精巧的包、品牌香水、水晶吊链等。羊小路送给谢朵朵他自己做的小星星，五颜六色的，装在一个玻璃罐里。谢朵朵笑着一一致谢，脸上撒满橙色的阳光。

可是，羊小路不高兴了。谢朵朵收到的贵重礼物，多半是男生送的，而他送的礼物是最不值钱的，谢朵朵一定看不上眼。自卑，使他的心长满了茅草。那天晚上，羊小路耷拉着脑袋，像霜打的茄子，毫无生气。

一日，羊小路发现一位男生发给谢朵朵一条短信：感冒好了吗？羊小路看了一遍又一遍，脸色由黄转青，像酒精催化过似的。感冒好没好，需要你关心吗？你是他男朋友吗？羊小路越看越觉得暧昧，当场就发飙了。他大声嚷嚷的声音，像老旧的收音机卡了壳，刺耳而怪异。

在火药味的空气里，谢朵朵涨红了脸，最终什么也没说，就走了。走了几步，她又折了回来，冲到羊小路面前，使劲推了一下，大声说："羊小路，你闹够了没有！你有点自信好不好！高中三年，你特别喜欢打篮球，我就悄悄地站在教室外的走廊上，假装看天空，看白云。其实，我看的都是你。上次同学聚会，是我让小车叫的你，还叫他们跟人说我有男朋友了，就是想知道你会不会吃醋啊，你这个傻瓜。你送我的小星星，我每天放在床前。看到它们，就好像看到了你！

可是，你现在的样子，让我好陌生好陌生。你把爱紧紧捆绑，它能呼吸吗？它能有活路吗？你生活在自己的世界里，不管别人的感受，总是做一些莫名其妙的事情，却自以为在捍卫爱情！你的心，被魔鬼的爪子掐住了吗！"

谢朵朵一口气说完，就一阵风似的冲了出去。

是的，说出了这么多，谢朵朵觉得内心舒坦了许多。坐在小巷的木椅上，谢朵朵努力让自己静下来。这段日子，谢朵朵觉得好累。她曾想向羊小路表白她的心，又觉得女孩子应该矜持一点。她曾想放弃羊小路，又觉得做不到。就像地里的稗草，越是想让它们腐烂掉，它们越是像秧苗一样重新长出来。

爱情，是不是都长着纠结的面孔？明明爱一个人，却不敢好好地说出来？明明爱一个人，却要一次次地伤害TA？爱情莫非就是一台不够完善的电脑，躲不掉病毒的袭击？谢朵朵想啊想，有潮水涌过来，一下一下冲刷着她的心，那是痛苦的泪水吗？

谢朵朵眨眨眼，突然发现羊小路向她跑来。"对不起，朵朵。相信我，我一定改。好吗？"羊小路的眼圈红红的。

谢朵朵想回答，却发现她的小嘴被一个柔软的东西盖住了。

你是我的排骨，我是你的糖醋

糖醋遇上了排骨

粒粒在南方某大学的食堂工作，做一些洗菜、盛菜的活儿。食堂分学生食堂和教工食堂。教授们都很节俭，少有人买比大众菜贵 3 倍还多的小炒，因此教工食堂也向学生开放。每到开饭时分，窗口前就会排起长长的队伍。热情青春的大学生们在空旷干爽的食堂里聊时尚，聊学习，聊八卦……置身这热闹又文雅的氛围，粒粒觉得，在窗口盛菜打饭并不是一件太单调的事情。甚至，还会碰到好玩的事情。比如说，那个他。

他长得胖胖的，一笑起来，眼睛就像一条缝。更突出的是，长了很多青春痘，粒粒戏称面疙瘩，好像雄性荷尔蒙过剩似的。想到这，粒粒不禁笑了一下。其实，一开始，也没对他留下什么印象。反正大家都是依次刷卡，依次打饭菜，有时为了速度快点儿，粒粒甚至没空抬头看一下对方。

那天，粒粒突然在窗口收到一块德芙巧克力，上面还粘了一张很细的苹果绿纸，写着：我叫小凌！大一中文系！

粒粒想，你是谁，跟我有什么关系？这样的桥段多半是某些无聊的大学生戏耍捉弄人的。

粒粒人长得漂亮，身材很单薄，一双眼睛却大大的，像两口清澈的潭。不过，她只有初中文凭，已经在社会上闯荡四年了。当年，因为爸爸出了车祸，粒粒没有再继续学业。这样的粒粒，自然成长得自强、果断。

从那天起，那个叫小凌的男生每天都会送粒粒一块德芙巧克力，每次都会附上一溜窄窄的苹果绿纸。粒粒一笑而过：面疙瘩，神经病！

其实，也不是真的一笑而过。不知不觉的，粒粒打给他的饭和菜就多了一点儿，尤其是那个糖醋排骨。粒粒有时竟然想：这么胖的人，不知道学校里的饭菜能不能吃饱。

这样持续了十几个星期，粒粒收到的纸条有两个加强排了。睡觉前，粒粒会情不自禁地翻一翻它们："我喜爱缪斯！""你盛的菜好香好香，就像爱情的味道！""亲，你真漂亮！""做我的女朋友吧！""你是我的排骨，我是你的糖醋！"……

一张纸条只有一句话，却无一例外地都用了感叹号。看着看着，粒粒觉得自己的感觉变了。

那个秋天，粒粒和阿凌正式确定了男女朋友关系。从此，糖醋排骨成了世上最美味的菜。

你怎么舍得我难过

虽然阿凌一再表示，他不介意粒粒的文凭，但粒粒在乎！为了这份浪漫的情感，粒粒在他们相识一年后辞去了学校食堂的工作，去做了某保险公司的保险代理人。同时，她买了高中书籍，准备参加成人高考。

这样的生活，要说不辛苦，那一定是骗人的。粒粒虽然天资不错，但要取得大专文凭，还真不是一件容易的事情。但是，要强的粒粒硬是坚持了下来。

三年后，粒粒不仅取得了大专文凭，还从一个小小的推销员，做到了部门经理，年薪十几万。只是，粒粒成了彻底的排骨美人，好像风一吹，就能刮走一里路。

这时，小凌也本科毕业了。生活，像一块巨大的巧克力，发出了浓稠的香味。

其实，这三年里，粒粒一直用她打工的钱给小凌花，自己却省了又省，连每个女孩都喜欢的漂亮衣服都要犹豫再三。

不过，这又有什么关系呢？若不是小凌，自己的斗志和潜能就不会被激起，何况，小凌还给了她甜美的爱情。

可是，大学毕业的小凌却怎么也找不到工作。不是人家不要他，就是他不屑于做那样的工作。第三个月的时候，有个公司居然对高高胖胖的小凌说，公司倒是缺一个保安……

小凌火了，当即就红了眉毛绿了眼睛。

从那以后，小凌就不肯出去找工作了。他天天待在家里，不是睡懒觉，就是上网游戏。目标无非是早点把《英雄联盟》打到最强王者的段位。

有一次，粒粒参加公司应酬回来迟了些，小凌冲上去就推了她一掌，说："你还知道回来啊！"粒粒踉跄着，右手的手机"砰"地掉到了花岗岩地上。粒粒正担心手机有没有摔坏，小凌上前一步，很用力地捡起，正大光明地看她的通话记录，看她的收件箱和发件箱。

这个，粒粒忍了。她想，男人都有很强的自尊心，我以后早点回家就是。粒粒还动用了她的人脉，给小凌介绍工作。但小凌很男人地拒绝了，说，我要在家写网络小说。我不出门，照样赚大钱。

从此，小凌忙了起来。

可是，一个月过去了，他好像没一元进账。更不可思议的是，他迷上了网络聊天。每天和一个叫"爱嘟嘟哝哝"的人说些暧昧的话语。同时，他每天都要查粒粒的手机，只是从公开转到了地下。

当无意中得知这一切，粒粒简直要崩溃了。本以为盈盈在握的幸福，没想到离自己这么远。

你一直是我的脚踝

"可能，我们并不合适……"

当粒粒悲伤地说出这句话的时候，小凌出人意料地跪在粒粒面前，痛哭流涕地请求她的原谅。男儿膝下有黄金。粒粒选择了原谅。小凌也做了如下保证：一、尽快找到工作，好好从底层做起。二、信任对方，不猜忌。三、坚决不搞暧昧。

从此，日子好像平静了下来。

一星期过去了，又一星期过去了。小凌天天外出找工作。看着小凌被太阳晒黑了的脸，粒粒又心疼又欣慰。她的保险业务也不是那么好做，有时，为了一单业务，她要去客户家跑六七次，每次还要不厌其烦地解说。这样的工作经常让她不能及时吃上午饭。有时，她就干脆喝点开水了事。忙碌的生活让两人像铁轨一样朝着自己的方向延伸着，努力着，也让两人好几个星期清汤寡欲了。

一次睡前刷牙，粒粒呕呕地吐了两口，好像很不舒服。

第二天还是如此。

第三天依然如此。

小凌的脸越来越黑，面疙瘩因为生气显得更大了："说，孩子是谁的？"

粒粒的脸有些苍白，一双大而圆的眼睛，很陌生地看着小凌。

一霎间，空气似乎停止了流动。原来，这么长时间的平静，不过是变天前的海面，看起来温温柔柔，底下早已暗潮汹涌。

"我要分手！"粒粒想。

"我一定要分手！"小凌想。

"去医院！"两人说出了同一句话，心里想的却是完全不一样的目的。

"见过年轻的，就没见过你们这样的，不好好照顾自己的身体，还把胃病当怀孕！钱永远赚不完，只有身体是自己的。先养好身体，养得胖胖的，再生个可爱的宝宝。"医生的话让小凌无地自容。

回家后，粒粒一声不响，默默地整理她的衣物，眼泪却不争气地往下掉。小凌抱着她的腿，一直在说："对不起，对不起……"见粒粒没有理会，他又哭着唱起了《亲爱的对不起》："世间有许多轮回，偏偏我就遇见你，心中有许多话语，心的苍白无力。许下的诺言，我从来没有忘记……都怪我年少太不懂，什么叫做珍惜……”

小凌唱得泪飞如雨。

粒粒的心又软了。毕竟，大家都是彼此的初恋，还有什么比初恋更值得珍惜呢？虽然，彼此的爱还没有足够的信任。但粒粒相信，经过了这么多，小凌和自己都会长大。粒粒的闺蜜却怎么也无法理解，觉得粒粒是中魔了。

后来，粒粒看到了一个希腊神话。说的是海洋女神忒提斯为了让儿子阿喀琉斯百毒不侵刀枪不入，就倒提一只脚把他浸入冥河洗礼。长大后，阿喀琉斯在奥德修斯的邀请下，参加了特洛伊战争，屡次使希腊军反败为胜。可是，在旁人指点下，太阳神阿波罗一剑射中了阿喀琉斯的右脚踝，将这位不败的勇士射死。因此，人们常说的“阿喀琉斯之踵”，指的就是每个人的命门，是唯一会受伤的地方。

也许，小凌不是我的糖醋，而是我的脚踝吧。粒粒想。

尘埃里的花

在一次朋友的聚会上，小闲注意到了眉眉。

如果说周遭的姑娘是热烈的红，那眉眉就是安静的蓝。眉眉的眸子忧郁似琥珀，吸引着小闲一看再看。

慢慢地，两人走近了。小闲也知道了眉眉伤心的过往。眉眉和前男友在一起两年多，总以为他是自己的真命天子，不料对方攀上了上司的女儿。如此狗血的剧情在自己身上上演，眉眉如何接受！如今，当一切如风逝去，眉眉却在风中站出了瘦削的凄美。失恋像伤风感冒，每个人都想尽早摆脱，却真的需要时间来调整身心。

眉眉凋零的目光，像碎了一地的花瓣。那单薄的语气，像在述说别人的故事，却让小闲的心一疼再疼。

“相信我，我一定会好好爱你。”小闲真诚的目光像钉子一样把眉眉牢牢钉住。

“你不介意我的过去吗？”理智让眉眉处于醉与非醉之间。

“我不介意你的过去。我要和你一起走向我们的未来。”此时此刻，小闲的声音成了世上最美丽的声音。

幸福，破土而出。

从此，眉眉的天空蓝了，花儿开了。她决定以全身心的爱来回报小闲。以前不大做家务的眉眉爱上了厨房，为了做一道脆脆的番薯梗，眉眉一点点地用指甲剥番薯梗的皮，以致于好看的手指变了色，脏脏的样子直到一个多星期后才告别。但爱美的眉眉不在乎。只要小闲喜欢，这算什么呢。

有一天中午，眉眉开心地发现门口的花丛里居然有一个鸡蛋，她捡起鸡蛋，幸福地想：这是上天送给我的礼物吧。我要用它给小闲做一个荷包蛋。当锅里的油冒出一团白气，眉眉将鸡蛋一磕，往锅里倒去。这时，只听轰的一声巨响，眼前喷出一团黑雾，还有一股怪怪的气味。与此同时，眉眉觉得手被油烫了。

眉眉惊魂未定，俨然经历了一场突如其来的战争。她顾不上清扫自己的恐惧，又忙着倒油、洗锅，继续下一步。

当厨房的活忙完，眉眉才得以静下心来想鸡蛋事件。想必是哪只调皮的母鸡把蛋下在花丛里，时间久了，被太阳晒成空壳了吧。眉眉怀着很稀奇的心情向小闲述说这件事情，小闲却表现得有些冷静，甚至没有过问一下眉眉被油溅出泡泡的手。

男人么，总是这样，哪会女人一样大惊小怪呢。眉眉想。

一次，眉眉几位要好的同学来家里聚会，眉眉好久没这么放开地玩过了，觉得特别尽兴。“来的是哪些同学？都干了些什么？你和谁是最要好的？男同学有没有对你有特别的举动？”小闲的问题真多，更让眉眉受不了的是那种冷冷的语气。

“你是不相信我吗？”眉眉一语点破。

“我怎么相信你？我问你，卧室的窗帘是怎么回事？”

闹了半天，眉眉终于知道，原来自己一心爱着的这个男人在离家前把窗帘弄了三个褶皱，回来却发现有四个褶皱。

天哪，原来他是如此不信任自己！

眉眉的眼泪瞬间决堤。可是，眉眉像受伤的小白鼠一样自己舔舐伤口。谁让自己有过那样不堪的往事呢？也许，凡是男人都是接受不了的吧。眉眉想起《杜拉拉升职记》的编剧张巍的话：“女战士”身上总有妊娠纹一样不为人知的伤疤，却使她们的生命丰盛、满足、平安喜乐。那么，也给小闲一点儿时间吧，只要我对他好，他总有一天会感动的。

张爱玲在送胡兰成的照片背后题着：“当她见到他，她变得很低很低，低到尘埃里，但心是欢喜的，从尘埃里开出花来。”如今的眉眉，像修炼千年的白蛇，猫下身段去爱许仙；像雪梅般的杜十娘，尽全部身家去爱李甲。可是，生活像抖床单一样掀起来又落下去，未来更像空中诡异的肥皂泡，多变而虚幻。当眉眉无意中得知小闲还瞒着她去相亲，去寻找备胎时，她想不明白，这是为什么。

“我总是想起你的过去。我觉得不公平。”当小闲毫无愧色地说出这话的那一瞬间，眉眉听到了什么东西破碎的声音。眉眉终于明白，不平等的爱情，一个人再努力，也是不够的。所谓的不公平，不过是不爱的借口。当爱没有到足够的深度，往事可以成为最无情的匕首。没有尊严的爱，还不如不爱。

“遇见了你心低到尘埃里，又在尘埃里开满了花，骄傲卑微都被你融化，愿岁月静好厮守锦绣年华……谁是你心上殷红的朱砂，该怎么留下最后的优雅，爱只是一地碎的琉璃瓦……”陈瑞的歌，分明唱出了眉眉的故事和心情。

可是，眉眉已经不是以前的眉眉了。她知道，自己生命里的某个东西，正被她以决绝的姿态，遗落在身后。

次日，眉眉在微博中写道：

在爱情里，花要开到合适的高度。太高了，让人仰视而不敢亲近；太低了，让人不屑而不去珍惜。没有爱，就是低到尘埃里也开不出花。

光阴里，那道疼痛的痕

熏风吹开金银花盏，左左的爱情在春天绽放。

左左和小楷可谓一拍即合，郎情妾意。他们在最美的年华相遇，结婚。左左和小楷有个约定，准备好了，再要孩子，要个最棒最棒的孩子。“凭咱俩的智商和外形，说不定能造个……”左左说着莞尔一笑，脸上泛起两片酡红。

左左忙着考研。有了研究生学历，就能换个更体面的工作。生活就是这样，有钱的王八大三辈。农村长大的左左特别明白人民币的举足轻重。未知的世界在左左手中枯燥的书籍里纷繁熙攘。左左斗志满满。

此时，左左发现“一个月总有那么几天”的日子不见了，左左去医院一检查，是孩子来了。左左和小楷果断地决定，不要。

在手术室，左左感觉冰冷的器械在自己体内无情地搅拌，每一下都痛得刮心。出来时，左左脸色印刷纸一样地白，手和脚全都冰软无骨。

左左不后悔，她不想过一眼就能望到底的生活，自己可不是舌头，饿不着冻不着。年轻，总要好好奋斗。

母亲知道了，嘴角都气出了泡泡，却奈何不了左左。

三年后的某天，左左发现自己又怀孕了。现在的左左，自己买了测孕纸每月测试。她看到那两道红杠杠时，就明白了结果。

27 岁的左左手里正有个大项目在做，要是全力以赴做好了，明年就能提大区主管，薪水加倍。这样的机会失去了，就难以追回。

在小楷的陪伴下，左左去了医院。这次，左左选择了药物流产。左左以为药物流产很简单，没想到麻烦不断。左左觉得很恶心，总想呕吐，却吐不出来。肚子是说不出来的难受。后来，来了很多血，好像有透明的小肉点出来了。但医生说，没流干净，需要刮宫。

左左又一次流掉了孩子。母亲又担心又伤心，气得两餐吃不下饭。她对左左说，人比人要死，货比货要扔。如今条件多好，要什么有什么，你还一心赚钱赚钱，钱有赚得完的时候吗！这些话在母亲心里酝酿了很久，像成熟的樱桃，轻轻一碰，就落下了枝头。

左左低着头不说话，任由“樱桃”满地打滚。

28 岁那年的春天，送子鸟又给左左送来了宝宝。母亲高兴坏了。她逢人便说，金银花开得喜气，一定是有喜事啦。

可是，不久后，母亲得知，左左一人去了医院，把孩子打掉了。

这次，左左选择了无痛人流，麻醉苏醒后，左左感觉到疼痛和不适，但没有以前那么强烈。休息了一会儿，左左一人回了家。

左左想起妇产科医生语重心长的话：孩子最好生下来，女人的子宫经不起折腾。

左左连连摇头，我还没准备好呢，忘了提前吃预防新生儿畸形的叶酸片，先生还没彻底戒烟，前段时间感冒了我还吃了两包中药，会不会生出傻子呀？不行不行，生孩子是大事，不能有半点闪失的。

金银花垂下季节哀伤的眼睑。母亲在心里说，一粒小小的荚果，也懂得开枝散叶。你，你到底在做什么呀！母亲把话放在肚子里，她对左左失望透顶，实在懒得去说她了。

又过了一年，左左当上了公司主管，脚上踩着菲拉格慕，肩上挎着香奈儿，脖子上不是梵克雅宝就是宝格丽。幸福的大门在左左面前开启。

然而，生活变成了某种潜伏，左左和小楷要宝宝的小小愿望一次又一次地落空了。左左想起席慕容的诗：如何让你遇见我，在我最美丽的时候……可是，左左的殷殷之心谁看得见呢！

就连小楷，也变得忙碌起来。

好景往往不常。隆冬开始蜷伏。

左左的心凿出一条缓缓的河，既流淌着白昼的喧嚣和繁华，也流淌着黑夜的寂寥和感伤。

不是左左迟钝，她实在不愿相信狗血的剧情会在自己身上上演。这么多年的相依相偎，左左习惯了小楷的一切。他说话时的眼神，他穿的衬衣的味道，他回家的时间，那一切的一切，仿佛融入了她的血液。

那天，还是来了。真相像伤疤上结的痂，没有风度地掉了下来。只听小楷说，她不如你。不如你美丽，不如你能干。只是，她比你年轻，她能生孩子。

当初，那不是我们共同的约定吗？流掉孩子，是谁的身和心更受伤？

左左的叫喊声里满是涩涩的疼。

可是，谁看得见呢！

如果一切可以重来，我一定会好好对待我的宝宝。然而，人生没有如果。蓦然回首，左左想起母亲的话语，肠子都悔青了。

就这样，左左把爱情和婚姻都弄丢了。5 年的时光，是那么深，深得左左半夜梦醒依然枕巾润湿；5 年的时光，又是那么浅，浅得接不住左左真心悔恨的泪滴。

左左想起古印度禅师说的箴言：“当春天来临的时候，草木就自己生长。”是啊，人生不过是一场自然而然的旅程。仿佛雨来，仿佛花开。什么季节开什么花朵，什么年龄做什么事情，老天已经安排得妥妥帖帖。我们要做的只是顺其自然。

然而，春风几旋，转身已不再是曾经。回到单身的左左，爱上了看书，爱上了行走，爱上了品茶。那碧色茵茵的茶水里，沸了生命的气韵，弃了光阴的臃肿，现出旷净的清香。

很毒的女人

几声蝉鸣，阵阵寒雨，把秋意渲染得铺天盖地。

可可的心，比秋意更加萧瑟。

爱情悄无声息地苍老，才过而立的他，却一次次地体验爱被凌迟的痛。身为广告公司的美术指导，可可不仅有不俗的外表，还有一个艺术的头脑，熟悉各类设计。可是女人啊，分明是一天里的四季风，难以捉摸。

“可可，来，泡点薄荷叶，自家种的。”小妖照例拿着一小桶薄荷叶从隔壁走过来，把他的杯子倒空，放进一点，说，“据说能可口可乐百事可乐呢。”边上有声音在说，我也要。我也要。小妖一一递过去。可可迅速百度了一下，果然是好东西，不由得念道：

薄荷茎叶有特殊香味，具有疏散风热、清利头目、利咽、透疹、疏肝解郁之功效。现代医学常将其用于治疗风热感冒、头痛、咽喉痛、口舌生疮、风疹、麻疹、胸腹胀闷和抗早孕等。

“抗早孕？谁要抗早孕？可可，是你吗？”众人都笑了起来。可可瞪了小妖一眼，也笑了。

小妖是公司的撰稿人，文字空灵清新，大家都喜欢喊她才女，或直接叫小妖。虽然，她是个离婚女人，有个十八岁的女儿。

小妖的睫毛很长，向上一闪，可爱的单眼皮上就叠起木瑾花褶皱那样的柔美一痕，像有星星掉进了眼睛里。小妖会用钩针做各种花色的围巾、头花，爱穿垂感很强的长裙，一天天地换着自己钩出来的饰物，演绎着独特的风情。不过，她最爱的还是书，她的随身大包包里，总有一本书带着。

一次，小妖出差回来，请可可去机场接她。风泼剌剌地吹。小妖的裙袂被吹出了很好看的形状。可可有点看呆了。他走上前提起小妖身边的大箱子就走。

箱子居然很重，可可不好意思问是什么。

“提不动就滚吧。”小妖花影扑簌。

可可觉得自己听错了，刚想开口，只听小妖又说：“我指的是轮子。”

隔了一会儿，小妖笑问：“你知道箱子里是什么吗？快，快打开看看。”

《四部丛刊三编》《古本小说集成》《新平妖传》《六十种曲》《钱大昕全集》……一本本的，全是书。

“这是我淘的宝贝，怎样，有喜欢的尽管拿。”

可可觉得，小妖全身像有一个磁场，把自己一点点地吸引。

世界很大，能投缘却很不容易。可可渐渐从绛色的寂寞中走出，内心感觉在期待点什么，就像春天树上长出的嫩芽，起先是点点绿意，而后是片片绿叶，然后是婆娑妖娆。

在那片欲滴的浓荫里，可可渐渐发现，小妖是个典型的居家女人。她从来不会把内衣袜子丢进洗衣机，她从来不喜欢上街去吃饭，她从来不对可可要求这要求那。而这些，去掉一个“不”字，就是可可三十岁以前面对的熙攘生活，或者说是感情的噩梦。他在对方的无厘头里，找不到快乐的坐标，心像发潮的墙面，哗啦哗啦地掉着曾经以为的美好。如今，小妖给了他从未有过的踏实感。可可觉得，烟火人间，就该如此温润而安宁。

纵然，在世人的眼里，15 年的距离是一道无法逾越的鸿沟，可可还是做出了坚定的选择。他像个勇敢的战士，一路披荆斩棘。

一日，小妖问可可，史蒂芬·霍金承诺，一个人可以有好几种方式返回到过去，可以超光速飞行，可以在时空中开辟出虫洞，也可以让时空卷曲，呈现一个宛如马鞍面形状的负的曲率。假如时光真的能倒流，你愿不愿意我返回到青春时代？

“我愿意，”可可说，“那是不可能的。我喜欢你现在的样子。那个《蝴蝶效应》中的埃文最终还不是选择让母亲在生下他前就流产吗？世事都有其存在的合理性。”

“在大地上我们只活一生。”不知怎么的，两人同时念出了叶赛宁的诗。暖意，直照心底。小妖的脸上，分明浮起了两片酡红。那是幸福的颜色吧。

某个阳光温柔的午后。小妖和可可走在乡下的田塍上。突然，小妖在田塍豆的缝隙里发现了一个小小的蘑菇，灰白色的小伞状，背面有规则的花纹，一闻，似乎有一点儿清香。

“蘑菇和女人相似，越美的越有毒。”可可说。

“我是不是有一点点毒？”小妖问。

“有一点点毒。”可可延着小妖的话，很随意地回答。

“还是有一些毒？”“有一些毒。”好像有惯性。

“你确定吗？”小妖调高了音量。

“不是不是，你是很毒的女人。”两人哈哈大笑起来。

是啊，这样的女人怎么会不美呢？她像阳光，向可可撒出橙黄的粉末。

人们对幸福的定义很多，却往往忽略了心的声音和感觉。小妖和可可觉得，“邂逅相遇，与子偕臧”，两个美好的人相遇，自然要一往无前地美好下去。那些世俗的东西，权作阳光下的尘埃吧。

当食肉兽遇上食草兽

有个女孩叫毛巾。有个男孩叫窗帘。他们在网络上相遇。

一日，毛巾闯进窗帘的空间，看到了窗帘的一些心情文字，其中一篇大意是这样的：

街道的拐角处，常见一个老太婆在卖水果，有葡萄，有香蕉，窗帘觉得年纪这么大的人，还要风里雨里的，不是太贫穷就是子女太不孝。窗帘总是去她那儿买，即使葡萄香蕉有些坏了，还是买。没想到老太婆见他这么傻，反而抬高了价格。窗帘依然心甘情愿地当着那个傻瓜。有时候，看水果已经所剩不多，就全部买了来，好让老人早点儿回家。

这真是个大傻瓜！毛巾想着，就说了出来，把一旁的同事小谢吓了一跳。

“你说谁呢？”“窗帘，一个叫窗帘的人。”毛巾随口说了一句。

小谢跑过来，看了看头像和号码，很确定地说：“就是他了，毛巾窗帘，都是未婚男女，说不定要出缘分呢。我介绍你们认识吧。他是我同学的弟弟……”

世界真小。网络和现实，怎么可以几分钟就打通呢？

在小谢燃烧的热情下，毛巾窗帘见了面，彼此还真有好感。尤其是窗帘，见了毛巾的第一眼，就有一种“与君初相识，犹似故人归”的感觉。

过了一段时间，毛巾见窗帘的 QQ 签名成了：人面兽心的窗帘。毛巾觉得很不解，上去留言，却没见窗帘回复。

话说窗帘，多年行走于网络江湖，觉得应该换换口味，不仅给自己，也给毛巾。听说淀粉在纸上写字可以隐形，窗帘拿出读初中时练书法用过的钢笔，小心翼翼地灌进米汤，艰难地写下了《童话》的一句歌词：

我要变成童话里，你爱的那个天使，张开双手，变成翅膀守护你。

写好后，窗帘把那湖蓝色的纸笺装进薰衣草图案的信封里，找了个机会给了毛巾，慌慌地说：“别忘了用上碳元素。”那份羞涩，就像青碧少年——不是像，根本就是。

哎，这活干的，既像中学生的小把戏，又像地下工作者接头。

不过，委实刺激。

毛巾拿出中华绘画 4B 铅笔，可劲地涂，像大学时画人物素描一样，一笔一笔，太阳的身段从丰满到含蓄，毛巾的右手变黑了，一支 4B 铅笔剩下了一小截。毛巾期待的甜蜜文字没有出现，毛巾猜想的迷人图画也没有出现，模模糊糊呈现在眼前的是三个字——

“我的天”，那字断断续续的，好像说话信号失灵。

毛巾真的是啼笑皆非。

次日，毛巾在 QQ 上说：“好个人面兽心的窗帘，为什么送我这三个字？”

窗帘心一紧，哪三个字？莫非老天助我，就显示了“我爱你”？那也太直接了吧。

绕来绕去，真相终于浮出水面的时候，两人的感情突然就进了一层。好事果然需要多磨，窗帘和毛巾就这样确定了关系。爱情像两块菠萝味水果糖，在持续地升温中，融化出一片酸酸甜甜。

但生活不仅仅只有水果糖，在烟火味里，毛巾的没心没肺日见明显。一日，毛巾在吃鸡爪时，居然把鸡爪尖卡在了牙缝里，推不进去也拉不出来，最后还是窗帘把那突出的鸡爪尖剪了，再慢慢地挪出来。毛巾觉得很丢脸，却见窗帘在呵呵地笑，毛巾气不打一处来，把筷子一搁，道：“不吃了！”说毕，气鼓鼓地坐到了布沙发上。窗帘跟了过来，毛巾突然拿起沙发上的小熊靠背砸了过去，嘴里嚷道：“叫你笑，叫你笑，你这个野兽！”

“你才是野兽呢。你是食肉兽是不是？”

“那你呢，你是食草兽吗？你很温顺吗？”毛巾说着，就扑了过去。两只野兽甜蜜地打在一起……

以后的日子，毛巾的食肉兽特征越来越明显，她一有情绪就喜欢攻击窗帘，有时只为了窗帘的一句话，有时只为了窗帘的动作慢了点儿。不知道她是为了考验窗帘，还是彼此熟悉了原形毕露了。可是窗帘，总是一副好脾气的样子，他看毛巾的眼神，满溢着陈逸飞油画里蕴藉着的宁静，让毛巾的心在一阵喧闹后归于安宁。

你笑，醉了岁月；你闹，艳了年华。毛巾的一笑一闹，在窗帘看来，都是那么美。和毛巾在一起，窗帘宛如春风入怀，未熏先醉。

静下来的时候，毛巾会觉得不解，窗帘爱她什么呢？爱她的小女人脾气吗？爱她常常展示的厨艺吗？

看窗帘，不仅对自己宠溺，更是兽心勃勃的主，对待工作，他是那么地热情投入，短短几个月，就升迁了一次，还真是不容易啊。窗帘还有一句签名让毛巾佩服：兽心是一种高度，使你永远心怀追求。

这样的食草兽还真是珍稀动物。想到这，毛巾突然笑了起来。

一旁的小谢也受了传染，呵呵道：“泡在爱河里的女人啊，说一点儿爱情感言，如何？”

“好男人应该人面给爱情，兽心给事业。窗帘，果然人面兽心。”毛巾说完，在心里给自己鼓起了掌……

阿紫的嫁人宣言

老师，不嫁！

矮个，不嫁！

太近，不嫁！

阿紫的嫁人宣言不知伤了多少颗爱慕她的心。为什么？为什么？多少声音像雷声一样滚动。

哪有这么多为什么！你用脚趾头想想，不就明白了！

老师有几个是浪漫的？整天板着个旧社会的脸，领着仨核桃俩枣的工资，还要担心家长告状领导批评学生使坏。距离太近么，没个走亲戚的样子，什么都没有悬念，就是将来吵个架，不用通风就已报信。再说了，从遗传学的角度看，也不利于优生么。至于矮个，那还用说吗！

可是，听说阿紫嫁的是小易，多少人被雷击中了！

小易？怎么可能？这个叫小易的家伙，明明样样都不符合哎。

难道应了那句俗得不能再俗的话？爱情这东西，看的是缘分。缘分来了，什么都挡不住。什么嫁人宣言，靠边站吧。

阿紫，长得一副弱柳的样子，细细的腰，大大的眼，很符合当下的审美。她在超市某服装专柜当营业员，工作一天，休息一天，基本工资加提成，每月几千的收入，养养自己还是可以的。

小易谈不上好看，但是耐看。他爸爸和阿紫的爸爸是朋友，两家相距不过几百米远。

冬天来了，瘦瘦的阿紫想穿上时尚漂亮的羽绒服，可是站柜台不允许穿。天天戴上厚厚的毛手套，对阿紫而言更是一种奢望。阿紫总是冰冷着手脚站柜台，一天天地，冻疮野蛮地侵占了整个手背。

一次，阿紫去小易的办公室找他。小易在上课，阿紫没事做，很随意地“百度”了一下，却见那个小方框里自动跳出了很多词句，什么手脚冰冷的秘方，长了冻疮怎么办，阳虚如何改善等等。阿紫隐约意识到怎么回事，竟莫名地心跳加速，有点烈酒带来的眩晕。

几天后的早晨，阿紫打开门，居然发现门口放着一个保温瓶。与此同时，手机来了点小旋律，打开来，是小易的短信：

你好，这是麻油老姜当归豆皮粥，听说能改善体质、暖胃补血。喝了它，好吗？

不知道为什么，平时大大咧咧的阿紫居然感动莫名，眼睛很及时地下起了雨，一滴，两滴，三滴……

阿紫想起多少个寒冬的夜晚，自己冰凉着手脚，公婆饼一样翻过来翻过去。不同的是，公婆饼越翻越热，自己是越翻越冷。那个叫睡眠的东西，像一段水中的木头，漂来漂去，顽强地浮在意识的表面，怎么也按不下去。早上起床，手脚居然还是冰冰凉。

身边的男人蜜蜂一样闹着，请她去飙车，去卡拉，去喝茶，却从来没有一个人细到微处。

从此，阿紫的生活变了。

每天早上，阿紫都能收到一个保温瓶。每天的每天，阿紫幸福地微笑着。

曾经，阿紫向往波澜壮阔的爱情。如今，阿紫勇敢地牵着小易的手，与他眉山目水地相映着，让各种怀疑的目光呼啦啦地退却。

阿紫知道，小易每天早早起床，轻轻地哼着小曲给她熬那个繁琐粥，是多么不容易。小易先在锅内加麻油烧热，爆好生姜片，加 3 杯水和当归煮 15 分钟后，取出，挑去当归，放入米，用文火熬成粥。然后，将豆皮切丝，在粥快好时，放入滚 1 分钟。最后，加上少许盐、胡椒粉，撒上芹菜末。为了防止遗漏某个环节，小易将过程写在纸条上，贴在厨房里。

后来，在某个固定的时间，阿紫总是开着门等待小易。小易总是说：“你好！”两个音节像钻石沐浴着晨光，让阿紫觉得很熨贴。

“你不好！”阿紫总是这样回答。阿紫的内心是感动，更有怜惜。

这样地过了三个月，阿紫再也不是“冰山美人”了。一个保温瓶，不仅调养了阿紫的身体，也让他们的爱情延续到了婚姻里。

如今，阿紫最爱念英国诗人叶芝的诗：

多少人爱你青春欢畅的时辰，爱慕你的美丽，假意或真心。只有一个人爱你朝圣者的灵魂……

不过，念着念着，她就会自己写上一句：

如果有一个人，能真正地用心疼你，请你千万不要拒绝。

也许，这就是阿紫正宗版的嫁人宣言吧。

当你经过的时候

山头绿树蓄茂，腾腾欲舞。水光树色，清幽透珀。更有那白云停在山腰，深情凝望着乡村乡情。

来到这里，小谷的心突然安静了。

父亲开了家药店，生意很好，小谷每天和药方、铜板打交道，心慢慢地倦了。他无精打采，不是拿错了药方，就是抓错了药，父亲摇头叹息，母亲喋喋不休。

好在姑妈来访。

姑妈远在四十公里外的白云村。姑妈一提议，小谷就执意要去传说中的世外桃源。

果然去对了。小谷马上爱上了这里。

每天，小谷都会来到白云山脚下，坐在如烟湖边上的大石头上。如烟湖里，莲叶田田，鱼戏东西。小谷内心的诗情萌动了。

小谷本是个爱诗的翩翩少年，繁忙的俗事把他的脑瓜挤重了。现在，他觉得自己有满肚子轻盈的话语要跑出来。

那段日子，小谷天天在如烟湖边吟诗。

每当小谷轻轻吟咏，水面就会泛起欢快的涟漪。

有一天，小谷又在白云山脚下吟诗，有一女子翩然而来。只见她一身白衫裙，在青石板上莲步轻移，像极了戏中的绝色女子。

白衣女子芳名小麦，俨然大家闺秀，也爱吟诗，也爱山山水水。两人一起吟咏，快乐的感觉翻了一倍。

那天，小谷吟了一首新写的诗《荷的心事》：

每一枝荷／都有心事／阳光是鸟／啄着荷的全身／湖风已醉

奇怪的是，小谷突然卡住了，怎么也想不出该怎么继续。小谷随手扯下一枚夹竹桃的叶子，丢向眼前的湖。湖水好像皱起了眉头，像他一样在思考着什么。

次日，小谷又迎来了白衣女子小麦。“小麦，你怎么了？”小谷一见，大惊失色。几天不见，小麦的大眼睛没了光彩，高挑的身子简直像弱柳了。

“我昨天想了一夜，想续上你的诗。”小麦轻轻地说，好像做了错事一般。小谷心疼极了。

小麦，你怎么知晓我心？小谷惊诧极了。

心有灵犀原来可以穿越时空。小谷感动极了。

在一枝清影里／你的孤独／让人心动

两人吟着诵着，开心的笑声吸引着白云山的白云也向这边走来。

可是好花不常开，好景不常在。深秋时节，小谷回去了，回到了父亲的药店。

一个星期过去了。小谷的日子又回到了以前。不，是比以前更灰了。小谷知道，那是一怀心事，封存成了相思病苦。思念的情绪像风一样翻山越岭而去。但小谷不知道它们能否抵达小麦那里。

某天夜里，小谷梦见小麦病了，一直在喊他的名字。他焦急万分，不管不顾地就赶了过去。“小谷，你回来！”母亲的声音像破锣一样，带着惶恐。

小谷翻出家里最好的药出发了。虽然内心有很多准备，但见到小麦憔悴的容颜，小谷的心还是哗啦啦地疼。

“小谷，你来了。”小麦脸上没有太多的惊讶，好像笃定小谷要来似的。

“我给你带了祖传的良药，吃了这个，补气养血提精神。”小谷说。

“我知道我的病根，小谷。只要你给我念诗，我就会好了。你给我念

《荷的心事》，好吗？”小麦说着，眼神里满是期待。

每一枝荷 / 都有心事 / 阳光是鸟 / 啄着荷的全身 / 湖风已醉 / 在一枝清影里 / 你的孤独 / 让人心动

小谷念了一遍，小麦的脸色变红了，念到第二遍，小麦坐起来说，我想吃点东西。

吃了东西，小麦又回到了青春美丽的模样。

“小谷，我必须告诉你一件事情。”小麦的神情好严肃，好严肃。

“小麦，你说吧。我们是交心的人，有什么不能说的呢。”小谷的声音给人安宁。

“其实，我是白云山脚下如烟湖里的麦鱼。我爱诗，更爱吟诗的你。”小麦的声音柔柔的，仿佛沉浸在往事里，“这是我家祖传的珍珠，送给你作纪念。如果你想我了，可以梦中来见我。”

“那我天天想你怎么办？”小谷说着，从床上坐了起来。

屋子里，只有寂静的空气。一颗圆润的珍珠，在枕边闪着温和的光。

爱情在你考验的时候走掉了

性格迥异的她和他，携手走过了 5 年的时光。

她和他，是相爱的。

但是，事到如今，这句话还要加上一个词——曾经。

她是个粗线条的女子，每天都和丢三落四称兄道弟。坐电梯，她总是不知道到底去几层，就每个键都按上一遍，每一层都探头张望。去超市，她不知丢了多少雨伞和手机，有时，连买的东西都会忘记拎回来。出门时，她经常要一遍遍地往回跑，不是忘了这个，就是忘了那个。有一回，他和她一起出门，他在车上等了三十多分钟，她才气喘吁吁地出现，刚坐上车，又叫嚷起来，糟了，我忘记锁门了。

这些，他慢慢地也习惯了。

起先，她在单位当会计。可是某次，她把票据当垃圾扔了。工作自然就泡汤了。都说吃一堑长一智，可她总也长不了记性。丢了会计的工作后，她在亲戚的介绍下，到珠宝店去上班。她按时上班下班，脸上总是挂着笑，像美人蕉似的，一朵接一朵地开着花。顾客特别喜欢来她这个柜台买东西。毕竟，谁不喜欢春天般的感觉呢。可是，莺歌燕舞的日子并不长久，那天，她居然把保险柜的钥匙放在柜台上回家了。工作自然又一次泡汤了。

阳春三月，花草葳蕤。他要和客户谈一个大项目。谈拢了，将有很不错的收益。为了让他精神点，临出门，她倒了几颗保健品放他手心里，让他吃了再出发。她笑道，斗志饱满，所向无敌。

那天，他精神焕发，像一路的阳光热情满满。不料，他和客户谈崩了。因为他谈着谈着就犯困了，以致于睡了过去。原来，她误把安眠药当作保健品递给了他。

这样奇葩的女友，他一点儿不头疼是不可能的。可是，她也是那么地吸引他。有一回，她在报纸上看到有个小女孩跌到热水里，烫伤了，当下就泪眼婆娑。她拿出自己本来要买雪纺裙的钱，寄给了小女孩的父母。那条裙子，她其实早就看中了，一直舍不得买。

她从来没有心眼，对人对事善良坦诚。

她喜欢吃西瓜，总也吃不厌的那种。可是他胃凉，她就很少买西瓜，总是买回一斤斤苹果，说苹果谁都适合吃。每次去看望他父母，她总是一样样东西买好，大包小包地拎过去。到了那边，忙着择菜，抢着洗锅。母亲经常对他说，你这傻小子，傻人有傻福啊。

只是，她如果不这么粗心大意，那该有多好啊。

然而，生活从来不可能完美。

12 月的一天，小区停电了。夜，把黑袍子哗地抖开，同时也抖开了她不安的心。他出差在外，她一人在家。这样的夜晚，她内心的恐惧像满天的星斗。本来，她是一个脑袋一搁枕头就能睡出香香甜甜的人，可是那天，她点着蜡烛，一直不敢睡觉，总觉得有什么事情要发生。果然，不知道是什么时候，她听见门外传来了吱吱吱的声音，好像有人在撬门。她拿起一根棒子，突然打开门就往那个黑影猛敲：打死你！打死你！

“嗷！”一声痛苦的呼喊，把她惊醒了。

这不是他吗？为什么前面不说话！

你出手这么快，我哪来得及说呀。我回来迟了，不好意思叫醒你，钥匙一下找不准，不是正想开门嘛！你这婆娘，想谋杀亲夫啊。

她的泪，满脸满脸地淌下来。这样的寒冷，这样的黑夜，这样的孤单，我害怕呀！她哭泣着，去找他身上受伤的地方，心疼得像一只猫，挂着花脸，还呜咽不休。

这件事情以后，她好像有点长进了。坐电梯，她最多按两个键了。丢雨伞手机的次数变少了。他在楼下等她的时间也缩短了一点儿。

他想，她到底有多爱他，需要考验考验，顺便也教训教训粗枝大叶的她。也许以后，她就彻底地改变了。那么，他们的爱情也就完美无缺了。

于是那天，他交给了她三根金条，让她转交给他的另一个朋友。

彼时的她，自己开了一家服装店。生意在她的经营下像芝麻在开花。她非常珍惜她的店，又是起早又是贪黑，全身心地扑在这个店里。她拿了金条放在店里的桌子上，到点了，就和往常一样出去吃饭了。

回来时，她猛然记起金条的事，一看，桌子上除了一个水杯，什么也没有。可是，她清清楚楚地记得，她是搁在杯子边上的呀。

天，就这样塌了。

她不知道该怎么办才好。偏偏他又出差了。

三根金条，她拿什么来还！她忍痛把店兑了出去，把三根金条给了他的朋友。一来一回，她亏了整整 12 万！

两三天的时间，她就成了一个“负婆”，失去了她心爱的店，失去了她喜欢的工作。可是，她并不后悔。自己做下的错事，总该自己承担，自己的毛病确实害人不浅。

就在她深深地忏悔时，他回来了。他告诉她，金条其实没有丢。他不过是想考验一下她和他们的爱情。那天，他给了她金条后，就让某个朋友跟着她。发现她出去吃饭时，朋友就把金条拿回来交还给他了。凑巧的是他出差了，忘记了及时和她讲这件事情。

也许她应该高兴才是。可是，她哭了，哭得伤心动肺。

丢了金条，她没有这么伤心。

金条没丢，她怎么也接受不了。

说不清是委屈还是愤怒，它们一点点汇聚着，像积雨云一样厚厚地悬挂在她心口。现在，她哭过了，它们也消退了。

她愣愣地看着他，脸上的表情，很沉很沉，像望不到头的星空，像见不到底的水井。只听她淡淡地却很坚定地说，你的做法触犯了我的底线，爱情在你考验的时候走掉了。

她转身走开，一去不回头。

只留下他，后悔的泪水在地上开出了萎靡的花。

刺　身

“我点了你最爱吃的刺身。”女生坐在田田寿司店，等了一会儿，终于给男生发了短信。

半小时过去，女生的手机没有任何动静。服务员过来询问：“可以上菜了吗？”“请稍等。”女生说。她想男生也许正在路上了。他总说自己性子急，可不能让他不耐烦。

又过了半小时。服务员又过来问。“快了快了。”女生思虑着说，“那就上菜吧。”女生小心地抛出一个歉意的微笑。算了，不管他烦不烦我，打个电话吧。

电话没人接。还是没人接。

女生慌了。难道是出车祸了吗？这个小城，车祸好像不算是新闻。想到这儿，女生的心简直要跳出来。

“结账。”女生放下钱，连找钱也不要就跑出了门。

桌上，是女生点的鲷鱼片刺身、鳗鱼刺身等，不曾动过一筷。

女生揣摩着男生的路线，风一样地在小城的街上跑。一路跑一路看。在一个路口，远远看到一群人围着，女生腿脚发软，跌跌撞撞挤进去。却见一只狗被车子压迷糊了。其状惨不忍睹。

女生胸腔里的水似游鱼，将冰凉的忧虑带至身体的每一处肌肤。女生在头晕目眩中想起，应该给男生的哥们打个电话。

十几分钟后，女生出现在蓝月亮 KTV，男生正在忘情地唱 K。

“我忘了。太吵了。我没看手机。”男生的话像来自另一个星球。

“没关系。你没事就好。我们吃得很开心啦。”女生轻松地说着，转过身，迈着轻盈的步子走了。脸上，泪珠像夏日的花儿一样蓬勃。

这天，是女生的生日。女生，向来不吃刺身。为了这价格不菲的刺身，她整整吃了一个月的方便面。

呼　吸

国庆节，他和她甜蜜地相聚。她提议每人种一盆花。种的都是海棠。他把泥土敲得碎碎的。她却留了很多土块，看上去乱乱的。

两星期后，他的海棠叶子有些委顿。她的海棠却一派生机。他将照片拍下来，发给她看，问她哪一盆是她种的。

她很肯定地说，当然是长得兴高采烈的那一盆啊。

他觉得不可思议，蹙着眉头问，难道这里还有什么玄机吗？

你看看你种的那盆，是不是太阳一晒，泥土就很硬；雨一下，泥土就很实，像浇了水泥似的？

是啊。

你看看我种的那盆，是不是无论晴天雨天，泥土都是松松的？

是啊是啊。

这就是了。花草需要呼吸。你不给它呼吸的空间，它能快乐吗？顿了顿，她又说，亲爱的，爱情也要呼吸。你明白吗？

他想起自己给她立的三大规矩：不许和男生有单独的交往；QQ 上必须挂两人头像；每晚十点都要打电话。难怪她越来越不快乐。她分明成了他种的海棠。

花草需要呼吸，爱情也要呼吸。他默念着，眉头渐渐舒展开来。

叶下珠

男人不像个男人。

他怕黑。晚上出门，他总要叫上女人。

他怕血。家里要宰什么，那肯定是女人的事。

女人有些后悔。当初，真不该听爸妈的，说什么男人实诚，能过日子。如今，还不是把日子过得像家门口的叶下珠？

那么平凡，那么普通，看起来一副含羞草的样子。

国庆节那天。女人和男人在热闹的街上走。突然，传来了凄厉的声音。一个着装怪异的精神病人挥着刀一路奔着砍过来。

女人懵了。她想逃，脚却像生了根。眼看就要被砍上了，猛见瘦小的男人冲上去大喝一声：“住手！”

那人居然镇住了。他举着那把带血的刀，斜眼看着男人。这愣神的工夫，男人把他的刀拿了下来。女人发现，男人腿脚发软。他嗫嚅着：“血，好吓人。”

女人的心像被海浪拍打，一波又一波。

终于回家了。家门口的叶下珠在微风中摇摆。

它的外形，多么像含羞草啊。只是再怎么触碰，它都不会垂下头。

女人小心地拨开叶子，发现叶子下面居然挂着一排小小的珠子。

好美。女人轻轻地说。

第二篇章

一树花开

生活的智慧和温暖，总是不动声色地沉淀在时光的长河里，用心打捞，才会盈盈于心。

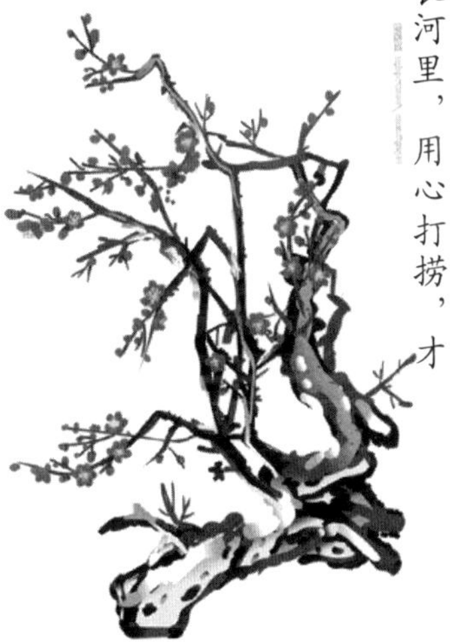

两颗胡桃的爱

她拉着一个灰色的行李箱出了家门，一去不回头。

她讨厌专制的父亲。连自己的爱情都要干预！

父亲嫌他，左看右看都不入眼。他的头发染出黄的白的道道，父亲说不正经；他不过是暂时没有工作，喜欢上网，父亲说不可靠；他吃饭时只顾自己夹菜，父亲说他不会疼人……

可她喜欢的就是他，喜欢他的时尚、另类、率真。

在又一次争吵后，她对父亲吼："这辈子，非他不嫁！"

"这辈子，不要来见我！"父亲的嗓门被她的行李箱抛在身后。

如今，才过去三个月，她心心念念要跟随一辈子的他追寻新的爱情去了。这三个月里，她爱的他，天天忙着上网聊天，还玩上了网络"热恋服务"，生生把她冷成了冰坨。如今，她独自一人租了一间小房子，白天在一家螺丝厂打工，整天带着一身油污回那个简陋的房子。那天，她因为持续失眠，出了一点儿小差错，被厂长骂了个落花流水。一个人走在熙熙攘攘的街头，她看着属于别人的热闹，想起专制的父亲那凶巴巴的劝告，突然泪流满面。

她决定偷偷地去看看父亲。那个一辈子都不想见她的父亲。

通往家的这条小路，是她闭着眼都能闻见草香听见鸟语的小路。小时候，父亲带着她采野花放风筝，还带着她捉过小溪里的鱼儿。

可是，为什么时光变成了现在的样子？

她正想着，突然听见东边的小山丘上传来一个声响，好像有什么东西滚了下来。

她赶忙跑过去。一个老人从山丘上摔了下来，一时没法动弹。她去扶他。四目交接，击起水花片片。“爸爸！”她在心里叫喊，喉咙却发不出声音。时光像突然摁了快进键，才几个月，父亲就老了，老得她心酸。她恍然明白，她赌气出走的日子，她的老父亲天天来这里眺望，站得脚下的一块土地没了青草，闪着泥土的亮光。

她的心，倏地柔软无比。

她的父亲，以过来人的眼光，预见了她的爱情没有幸福的未来。他把爱藏在严厉的阻拦里，她却把它以离家出走的方式无情地抛弃。

胡桃外硬内软，两颗胡桃相遇，要么两败俱伤，要么安然无事。她想起威利·帕西尼说的话，觉得自己和父亲就像两颗胡桃。好在他们晒出了彼此的心，在两败俱伤后，终于握手言和。

七　月

他的视线被一望无际的稻田吸引。那是怎样的黄啊，带着明艳，带着清香。他忍不住狠狠地吸了一口。那味道，有些生猛，有些呛人。

可不，没有一丝风，地上就像下了火。爹和娘半蹲着身子，沙沙沙的割稻声很有节奏。他刚走下地，就被爹喝住了：“回家去！凑什么热闹！”

爹就喜欢这样说他。他就是不明白，他都长大了，为什么不能为家里出一份力？

从小，他就被爹当女孩似的养，这活儿不让干，那活儿不让干，到如今，18岁的他，两手还白嫩嫩的，老被同学笑话，说他像个城里人，不晒太阳不干活儿。

小时候，他也有和田野亲近的时光。那时，爹和娘在打稻子。他在一旁捉青蛙。他将右手手掌铺开，做成弓状，往青蛙身上扑。那一跳一扑的样子，好像自己成了一只大青蛙。有时，他还会将脱了粒的稻草堆当滑梯，滑上一遍又一遍。

等到谷子都打下来了，就要扬谷子。他学着娘的样子发出“呜——兮，呜——兮”的声音，娘说，这是说给风听的话，让它过来，把没用的稻叶啊什么的吹走。

说起娘，可比爹通情达理。

娘老对爹说：“孩子像庄稼，需要经历风和雨。”爹脸一沉说：“读书才是硬道理。生在我们农家，哪个孩子不吃苦!人家城里人从小还吃什么牛奶什么麦片呢。农村的孩子，哪个不是田野的风刮大的。我小时候可苦了，现在又有什么出息！”

爹的话砸在地上，发出咚咚咚的声响。下巴上那颗黑黑的痣，好像在打着节拍。

“明年的七月，你就发榜了。今年的七月，你什么活儿也不要干，一心一意地复习功课。爹和娘都还年轻，有的是力气。”爹的话，像田野的风一阵阵地刮。

暑假一来，就意味着他高三了。八月，学校统一安排补课。七月，在爹眼里，就成了抢成绩的黄金时段。

“城里的孩子没有农活儿，天天在空调房里补课呢。”爹说起这话，好像亏欠了他似的。

他带着爹的期望坐在书桌前。这张书桌，是前年七月爹特意请木匠给他打的。当时花了五个工夫。农村里，一天算一个工夫。工资是按天数来算的。为这张书桌，爹粜了三担谷子。他想着爹汗珠子摔成八瓣的辛苦，就抛却杂念，扑到了题海中。

他和爹的日子，像两条平行的河流，在哗啦啦地朝前奔。

突然有一天，河流断流了。

得到消息，他的魂都吓没了。

他见到爹的时候，爹已经躺在医院了。村里的好心人第一时间将爹送到了医院。娘在一旁不住地淌眼泪。

爹的三轮车在运谷子的时候，栽下了两米多高的路基。爹和车和一车谷子一起倒在了稻田里。

爹一直昏迷。世界突然沦陷了。此时的娘成了一张薄薄的纸，被悲伤整个儿浸湿了。他看看娘，又看看爹，眼睛里漫起了雾气。

有多久没有好好看过爹了？眼前的爹，像村口那棵老槐树，满身的沧桑。爹是那么的瘦小，好像周围的每一寸空气都在欺负他，让他贴在白白的床上，那么单薄，那么虚弱。他想起爹笑的时候，下巴上的痣好像能飞起来。只要他告诉爹得了好名次，爹就会开心得眼睛里漾出光芒，像冬天的炉火温暖而愉快地跳跃。

他的思绪像春芽在长，眼睛里的雾气越来越浓。他下定决心不能让爹这么操劳了。爹干的活儿，他都要学起来干，而且要和爹一样干得漂亮。

不知过了多久，爹的眼睛突然睁开了，睁得很急，好像能听见上下眼皮迅速扯开时发出的吧嗒声。爹的眼神很准确地落到了他的身上，喉咙里跑出一个声音，虚弱得像风中的水珠，却依然坚定无比："读书！回家去！凑什么热闹！"爹下巴上那颗痣好像突然变大了，正在扑棱扑棱地生气。

他的泪唰地流了下来。

他知道，爹的心里满满的，装的都是他。

他知道，爹从小没上过学，认识几个字的爷硬说自己可以教他，把钱省下来，可以糊嘴巴。晚上，爷在爹的肚皮上用手指慢慢地写字，教他怎么写怎么念，爹困得不行，有时睡了过去，又被爷摇醒。

爹总说，我的孩子，一定要让他上学堂好好念书，砸锅卖铁，我都愿意。

他不知道，其实，他不是爹的亲生儿子。

当年，娘因为一个误会和爱人分手。是爹，让当时绝望的娘重新点燃了生活的希望。

此时，他看见娘摩挲着爹松树皮一样的手，目光里满是水一样的温柔与疼惜。

他的心，好像停歇在花瓣上，充满了温暖与感激。

豆腐西施

老街腰部站着一棵榕树。树冠呈馒头形，叶茂蔽天，老街的人，喜欢来这儿聚聚。

其实，大伙不仅仅奔着榕树而来。榕树边就是豆腐摊，有一家卖主是西西，长得水灵水灵。那皮肤，像鸡蛋刚剥了壳，像能掐出水的豆腐。那手指，简直就是一棵棵的小葱，看一眼，就知道有多滑嫩。

莫非，是豆腐滋润了她？

其实，西西的工作蛮辛苦的。

头一晚，西西将一颗颗黄豆挑拣清洗再浸到桶里。大清早，当大伙还在梦乡里的时候，西西就起来磨豆。

西西家的小院里，长年放着一个石磨，一块石头压在另一块石头上，上为磨盘，下为磨底。磨盘上有洞穿的一孔，磨底有螺旋的石纹。石磨上，绑着一根光滑得发亮的榆木磨杆。人家是一人添豆一人推磨，西西却能自己添自己推。浸泡过的黄豆一点点进入磨眼，随着磨盘与磨底发出的吱吱声，豆香像长了腿一样四处奔跑。

豆磨好了，西西再把大半锅的水烧开将豆浆全倒入水中烧沸。接着，西西支好豆腐架，放上淘箩，将一块方形的粗纱布，也就是豆腐服，抛在淘箩上，形成一个大网兜。西西将熬好的豆浆一瓢一瓢倒入豆腐服中。伴着哗哗的声音，豆腐服下是纯豆腐，里面就是豆腐渣了。为使它炼得彻底些，西西用夹板夹住豆腐渣，将残留的豆浆挤净。

俗话说：“一物降一物，卤水点豆腐。”点卤是关键的一环。卤水少了，豆腐太嫩，结不成豆腐花；卤水多了，豆腐太老、太硬。西西将纯豆浆倒入锅中，加热之后，就拿铜瓢点盐卤。西西一点点地加卤水，就像在蒸蛋上，用调羹慢慢地加酱油。那专注又带点专业的神情，俨然一幅美丽的版画。慢慢地，豆浆结块了，像云,似雪，如花。水越来越清，豆腐花越聚越多。氤氲在豆腐花的雾气里，西西像电影里的西施一样，脸上泛着羊脂玉的光泽。

最后，西西开始压豆腐。西西将木框摆好，将豆腐服放在木框中，将豆腐花一瓢瓢舀到木框里。舀完了，就将豆腐服的四角翻过来，将豆腐花包住，上面压上砧板、钵头过上几分钟。

西西一天只能做一框豆腐。

老是有男子冲着西西说："豆腐西施，瞧你那白脸蛋，是豆腐做的吗？"每次，西西都懒得搭理。于是，就有人不高兴了。一天，小三黑拿起一块豆腐说，这豆腐，长成啥疙瘩了啊？还要臭美！

话里有话。西西只当没听见。

不过，有好事者拿来了不远处小苏豆腐摊的豆腐。不比不知道，一比还真有问题。你看人家小苏的豆腐，光滑、白嫩，西西的豆腐呢，表面粗糙，白里带点黄。

小三黑总结道，可怜我们被蒙了这么久。

没过多久，榕树下聚的人少了。不远处老是传来打情骂俏的声音。那个长着一脸雀斑的小苏咧着大嘴巴，开心得雀斑都要飞起来了。

西西不急不徐，一脸榕树般的随和。风吹过，一旁的榕树发出哗哗的声响，不知在为谁唱赞歌。

日子一天天地过去，榕树开花了。小小的花儿躲在小罐子似的花托内。天气越来越暖和了。某个午后，不知谁突然发现，小苏豆腐歇业了。

正在大伙纳闷时，小三黑出现了，他神神叨叨地说，你们知道吗，小苏的豆腐有问题。她的豆腐加的是石膏和甲醛，做出来白嫩嫩还保鲜呢。吃了不仅嗜睡还影响视力。我呀，就是受害者。说完了，他又往榕树方向扫了一眼，轻声道，这回，我可算正义了一回。

此后的每一天，西西的豆腐总是早早就断货了。有人建议她再做一框，她笑笑不语。可那眉眼分明在说，人生就像做豆腐，认认真真才是真。

窗口的丝瓜

一走到窗口，老杨就看到了丝瓜藤。那藤蔓很倔强地从西边一直走到东边，然后就像被施了魔法一样往窗口长。

黄色的丝瓜花，一朵一朵,像一只只不害臊的喇叭。慢慢的，喇叭变成了棒槌，难看的棒槌。

真是霸道！这丝瓜真是霸道！老杨看一次就在心里骂一次。慢慢的，棒槌的颜色由青转白，最后风干成了丝瓜藤上的装饰。

不过，丝瓜藤又爬上了二楼的窗口，手掌一样的叶子，在风中招摇，黄色的小花仿佛一个闹脾气的老人，皱着一副脸，却到处走动。一段时间后，老杨摘下成熟的丝瓜，把它炒得当当响，心里说，我就吃了你，美美地吃了你！

丝瓜藤就是日子的脚，走啊走，走到了三楼的窗口。雨点敲打，小黄花一跳一跳，憨憨的样子，让人不忍责备。阳光出来，小黄花仰起明媚的笑脸，好像在和老杨说话。

不知道为什么，老杨爱上了三楼的窗口。他每天默读小黄花，默读或肥或瘦的丝瓜，俨然在看一本大书。

一天，老杨摘下三根丝瓜，来到了西边的老马家。

“老杨啊，瓜到你家，就是你的，麻烦你收留它。我呀，只图个养眼。”老马连连摆手，一个劲地重复着他的话。那声音，像极了丝瓜的藤蔓，伸出温柔的触角，向某个地方攀援。

老杨仰起头，望向自己家的窗口。那一条条丝瓜，像浑身装了铃铛，一路走，一路摇，轻轻松松摇碎了两家人多年的坚冰。

“不仅养眼，更养心呢。”老杨想着，猛然觉得空气又酥又软，轻轻一咬，竟咬出了丝瓜的清香。

母亲的豆腐

我饿了。他一边说，一边放下书包。

马上好。母亲应声而出，从厨房里端出他爱吃的一样样菜。他知道，一定有他最爱吃的大豆腐。

做大豆腐，需要豆腐丁、肉末、番茄丁、青辣椒丁、番薯粉等食材，母亲从来不嫌烦。那又白又红又绿的长相，总是让他食欲大开。一次，他一落座，就生猛地吃了一口大豆腐，没提防一股热浪顺着他的喉咙往下冲，好像还能听见那嗤嗤的声音。母亲在一旁急道：“都怪我。儿子，你慢点儿吃。”

奇怪的是，从那以后，他再也没有被烫过。大豆腐总是不烫不凉刚刚好。

一年又一年。他长成了高大的男子汉。那天，他为了完成大学老师的作业，和母亲下地去体验生活。

两人一起回家时，他习惯性地说了声“我饿了”，就往沙发上倒。这时，他清楚地听见母亲说了声“马上好”，就钻进了厨房。

果然，没几分钟，母亲就端出了他最爱吃的大豆腐。母亲的头上还顶着庄稼地里的草尖尖，母亲的笑容里似乎没有半点疲惫：“儿子，吃吧。还是豆腐养人。”他看见，母亲为了能让他早点吃上，居然将菜盘子半沉在凉水里。

如今，他终于工作了。那个周末，他完成了手头繁琐的事务，习惯性地说了一声：“我饿了。”他听见一个声音在回答：“我也是。”他一扭头，看见一旁的女友正在投入地玩手机。

他转过身来，看见母亲正在墙壁上冲着他微笑，好像在说：“马上好，儿子。”

他的泪唰地流了下来。

当　归

“蓉蓉啊，你没空回家，妈想过来看你。”五一前夕，母亲的电话把包蓉蓉吓了一跳。

“妈，您不用过来。我回家。”包蓉蓉很果断地说。电话那头，母亲高兴得变了声音：“好！好女儿！”

包蓉蓉坐上了回家的大客车。

坐在颠簸的大客车上，包蓉蓉的脑袋像突然清空了似的。她回想起母亲的电话，心像夏天烈日下的池塘，泛起一个个的泡沫。

车上，有位穿白衬衫的小伙子正在兴奋地打电话：“我快到了。车子已经过了山茶岭。外面的风景很美……妈，我先挂了，待会见。”一位上了年纪的人正在大声地说话，他的声音像扩音喇叭，一车子的人都听了个清清楚楚：“您不用准备，我回来烧。不要操心，妈，您歇着就好。”放下手机，他自豪地笑道：“我妈今年 90 岁了，还硬朗着呢。”

“矫情。”包蓉蓉在心里说。她把视线落到窗外。一块块已经结籽的油菜花纷纷往后奔跑。母亲年年都种油菜。她说自己种的吃了身体好。可是，包蓉蓉总觉得菜籽油不好吃，味和色都太重，比不上城市里的油清清亮亮。

转了一次小三轮车，包蓉蓉回到了生她养她的山村。邻居李婶家那只黄尾巴的狗冲她试探着叫了几声，突然站住，很起劲地叫了起来。包蓉蓉冲着狗没好气地“汪”了一声，就往家门口走。

“蓉蓉，你回来了。累了吧。”母亲应声而出，脸上满满的全是笑。

“是蓉蓉啊。”不知什么时候，李婶也进了门，“你妈天天盼着你呢。她不让母鸡醒窝，孵了一窝小鸡，结果只养大了一只公鸡，非要留着给你吃。这不，捉鸡的时候摔倒了崴了脚，半天起不来，还是我扶起来的。”

“蓉蓉读书真辛苦，我看你，下巴都尖了。”母亲用眼神示意李婶别说了，李婶风一样地闪出了门。

“自己养的鸡养人。你可要多吃点。”母亲起身往灶房走，右脚迈得有些生硬，肩膀一高一低的。

“妈，我来我来。”包蓉蓉三两步走上前去端灶房的钵头。

钵头蒸鸡，是母亲最隆重的菜肴，即使过年也未必吃得上。

做这道菜，光钵头就要有两个。小钵头用来盛鸡肉，大钵头罩住小钵头。母亲会在铁锅里垫上三块小瓦片，将小钵头搁在上面，把清洗干净的土鸡剁块，放进鲜姜、生抽、老抽、黄酒、精盐等作料，加上排骨，再罩上大钵头，用文火慢慢地蒸。

“我可是加了当归的，听说补血养胃，你吃最好了。”母亲说。

“蓉蓉，你一定要多吃点。这只鸡，吃的是田野上的虫子和妈喂的玉米。那肉，黄得都发亮了。鸡的脚趾头，还有五个呢。你们在城市里，可是吃不到的。”母亲远远地坐着，一边揉着脚踝一边说，“好吃吗？”

“好吃。”包蓉蓉突然哽住了。她仿佛看见，她老老的母亲追着大公鸡跑来跑去，白发在风中飞舞成一团狗尾巴草。

母亲发现了声音的异样，走了过来。

“啊！”母亲惊叫起来。

她赫然发现，女儿的碗里夹了几片土褐色的当归。钵头里，除了一大钵水和当归，什么也没有！

母亲忙走向灶房。在灶房后屋的案板上，堆着已经剁好的鸡肉！

“对不起，对不起。”母亲脸上的内疚，在她低头间扑簌簌地往地上掉，“你歇着，我去蒸。这些柴，是岩石缝的铁柴，很快很快的。”

包蓉蓉的心里翻起了浪花，一浪又一浪，撞得她的心湿了又湿。

母亲，一直特别老。

包蓉蓉是母亲看了很多医生吃了很多中药后，才怀上的。那年，母亲51 岁。母亲的儿子因病去世，母亲执意要再生一个。

这让包蓉蓉很不开心。有一次，母亲来学校给她送衣服，老师对着她喊：“蓉蓉，你奶奶来了。”包蓉蓉很久很久都没有抬起头。于是，每次开家长会，包蓉蓉都不通知母亲。离开了小山村，去省城读大学，包蓉蓉觉得自己的生活终于有了亮彩。

这个小山村，留给包蓉蓉的是偏僻、落后，是满坡的婆婆纳狗尾巴草，是碎碎叨叨的老母亲。

“蓉蓉啊，妈老是梦见你被人欺负了……”72 岁的老母亲一边添柴一边说，一跳一跳的火光把母亲的白发涂上了一层暖色。

不知为何，听着母亲的碎碎叨叨，包蓉蓉的心变得温暖，柔软。她夹起一片当归，放进嘴里，喃喃道：“当归当归。”

窑 变

陈成的砖雕手艺，方圆百里无人不晓。

自小，他就爱玩泥巴。如今，他把泥巴玩出了全新的花样。陈成拿着泥巴切、勾、削、剔，不多久，一幅栩栩如生的牡丹图就出现在青砖上。牡丹代表富贵，陈成的牡丹砖雕很受人欢迎。

梅小雪是陈成的帮手。

几个月前，她背着画架来小窑素描写生，居然就赖着不走了。

她很勤快，又有悟性，马上成了陈成的得力干将。烧制砖雕，一旦处理不好，就会产生窑变。烧不透，砖雕着色发红；烧过头，砖雕会碎裂。成品烧制完成后要封窑、放水。弄不好，砖雕就会前功尽弃。窑顶炙热难耐，根本不是女孩子待的地方，但梅小雪从来不退却。

陈成几乎没有空闲的时候，砖雕出了窑，他又开始新一轮的雕刻。那天，梅小雪发现，陈成最拿手的牡丹不见了，一块块青砖胚子上，刻着造型优雅的梅。

梅小雪正入神，突然听到一个声音传来："梅，我爱你。你可以永远留下来吗？"

她迎接着他窑火一样的目光，心像小鹿一样跳了起来。

她摇摇头，又点点头，跑开了。

就在前几天，父亲在电话里催她："你去争取一个人放水，让整窑砖雕发生窑变作废。"

"您的女儿已经和他发生了窑变，但整窑变成了珍品。爸，我爱他。您和他爸的过节，也该翻过去了。"

空　调

这是一架空调。

上面有屏幕，显示了当时的温度：27℃。空调下面是大大的出风口，风正呼呼呼地从里面跑出来。

这样的温度，奶奶就不会出很多很多的汗了。

奶奶胖乎乎的，最怕夏天来。夏天一来，奶奶就吃不下饭，走不稳路，好像生病了一样。可是，奶奶还是每天骑着三轮车到处收破烂。回得家来，奶奶顾不上休息，总是拿着她自己打的麦秆扇，为我扇风，为我驱蚊。

想到这里，我把空调的出气口添上了一格。这样奶奶就更凉快了。

爬下桌子，搁好笔，我看着灰白色墙壁上这架有点歪的空调，好像听到奶奶在说：“凉快凉快，我都凉到心里了。”

等着吧，奶奶，总有一天，我会给您装一架真正的空调。

我不知道自己的父母是谁，但我知道奶奶给了我很多很多的爱。

毛一刀

上技校时，毛英雄的一幅木雕作品《金樱子》获得了省雕刻大赛一等奖，在校内外震动不小。据说，人家要刻好几刀的图案，他一刀就能完成。从此，他得了个别名“毛一刀”。

说来也怪，毛英雄虽然聪颖，看到书上的字头却会变大。初中毕业他读了技校，从此爱上了雕刻。先是在萝卜上刻，后来在泥巴上刻，在木头上刻。他的白钢刻刀，是父亲专门为他挑的，锋利小巧，被他当成宝贝。

毕业后，毛一刀进了木雕厂。一次偶然的机会，有人和他说起了砖雕，他一听就痴了。

几个月后，毛家村的山坡上建起了一个小小的窑。那些黏黏的土，成了砖雕的原料。在泥坯脱水干燥到一定程度时，毛一刀会雕刻上梅兰竹菊石榴荷花等图案。某日，有人进了窑，发现毛一刀坐在地上，浑身是土，正抱着一个东西咂摸，叫了他好几声都没反应。毛一刀痴了。那人说。

确实，这砖雕，看似容易，却是个复杂的玩意。大样出来后，毛一刀用切、勾、削、剔等手法对泥块精雕细刻，勾勒出图案的深浅层次、遮挡关系，再对细部进行加工，磨光粗糙之处。选土、制泥、制模、脱坯、凉坯、入窑、看火、上水、出窑，每一道工序，毛一刀都不敢怠慢。他整天整夜地守在窑上，原本明亮有神的眼睛下，冒出了眼袋，像毛家村山坡上横着长的金樱子。

砖雕最难把握的是火候与放水，一旦掌握不好，作品就会失败。遇上不满意的砖雕，毛一刀就挑选出来，绝不以次充好。某天，父亲毛土根背着他把次品以极低的价格卖给了村上一位本家，毛一刀听说后，当即把东西搬回来砸了，硬是赔给了对方三倍的钱。

毛一刀是傻了。大家都这么说。

然而，渐渐地，来毛家村小窑的人越来越多，村民的眼睛也越来越红：“毛一刀这小子，要发大财了！”不曾想，毛一刀突然宣布，要“闭关修炼”。

“你还要折腾呀？你是和钱过不去吗？”毛土根急得吹胡子瞪眼。只是，他知道儿子的脾气，决定的事，就像烧好的砖雕一样不容改变。

毛一刀从此消失了。半年后，他怀揣中国美院的雕塑艺术结业证书回来了。众人眼馋他，说他有了这“一刀”的硬本事，一辈子享不完富贵了。

某公司负责人慕名找上他，给了他一张大单子，说：“只要做好，钱可是用畚斗装的！”说话间，那人啪的一声砸出一沓钱来，得意道：“这是定金！”那人的目光很霸气地落在毛一刀身上，却见毛一刀站了起来，客客气气地说：“抱歉，我要辜负您的美意了。”

于是，毛一刀又一次让众人惊掉了下巴。

几天后，毛一刀一个人跑到山西去了。原来，那里有座明朝正德年间的古建筑正在修复，但几班人马都没能修复出理想效果。毛一刀拿来一块块不同的残雕，找来黏土修复观摩。有一块半头砖特别奇怪，另一半图样大家想了很久，依然一筹莫展。毛一刀吃饭想睡觉想，一直琢磨了几天，终于想出了图样。据文物研究专家考证，毛一刀的图样，完全吻合明朝的砖雕风格。

砖雕技术分堆塑和砖刻，对应着加法和减法。毛一刀琢磨出了道道，将两者巧妙结合，慢慢地修复出了味道。有几位艺人敬佩他的才德，天天跟在后面观摩学习，毛一刀也不避讳，毫无保留地给他们传授讲解。

从山西凯旋后，毛一刀病了。连续几个月的修复工作，消耗了他太多的心力。可是，当家乡人邀请他修复古建筑时，他二话没说就出发了。遇到资金困难，他还果断地把自己的存款掏了出来。有人问他：“您这样做图的是什么呀？”

“砖雕会呼吸，有灵魂。古建筑的砖雕修复非常有意义。”毛一刀说这话时，正用手温柔地抚摸着青砖，像金樱子一样的眼袋似乎在跳舞。

傻冒状元

那段时间，东溪村的人都说，陈初一犯了傻劲。

傻冒陈初一居然花了整整两万元，买下了邻居艾奶奶的两棵樟树。买下后，也不打家具，一味在树身上丁丁冬冬地敲啊刻啊，最终雕刻出什么《香山九老》和《蟠桃会》。这成了东溪村人茶余饭后的谈资。

此后，陈初一消失了。

陈初一再次出现在东溪村的时候，已经是两年后了。一个偶然的机会，有人告诉陈初一江西有一棵1600多年的古樟，即将枯死。陈初一一听，次日就赶了过去。这棵香樟高9米，重20多吨。古樟庞大的体积、天然的疤瘤、遍布的樱节、盘曲的纹路、醇厚的香味让陈初一如获至宝，他毅然决定买下。对方说，最少30万元。陈初一眨巴着小眼睛说："我先交15万，余下的明天再送过来。"同行的朋友冲着又是摆手又是摇头，陈初一好像没看见一样。

回去的路上，朋友说："你刚成立木雕工作室，资金紧缺，这么大的树要雕刻成作品，需要多少人力财力啊！""我有我的打算。"陈初一淡定而固执。

次日，陈初一带着东挪西借的15万元，再加上1万多元的运费，把古樟运到了东溪村。

一连三天，陈初一都在古樟树下看啊看，一双小眼睛似乎乐成了一条缝。艾奶奶悄悄对人说："这孩子，又犯傻了。"第四天，陈初一请人搭建了一个高高的大棚，用来遮阳挡雨，又像造房子一样在古樟上搭了个脚手架。

陈初一决定雕刻五百罗汉。

主意一出，工作室的两位帮手连连摇头。作为佛教经典题材，五百罗汉在平面雕刻中较为常见，但集中到在一棵香樟树上，难度非常大。如果多人帮忙，细节很难统一；如果一人完成，不知猴年马月可以完工。

其实，陈初一在消失的两年里，花了一年时间向中国木雕工艺大师拜师学艺，学会了福建圆雕与东阳平雕的结合，制作了《花神》《喜阅人间万象》等多件精品；又花了一年时间奔赴中国美术学院雕塑系学习人体雕塑课程。但要完成如此巨作，依然是一个空前的挑战。

陈初一决定凭一己之力完成。从小，他就有一股傻劲，认准的事情就会坚持。

为激发挑战的快感，陈初一没有设计图纸。他决定以中国佛教四大名山、观音、地藏、文殊、普贤菩萨的道场为中心，围绕树身以螺旋向上的方式进行创作，将整棵香樟分四面三层布局。

陈初一开始了创作。一年，又一年。夏天，蚊虫叮咬，汗流浃背，他却好像定海神针一样，眼里心里装的只有一件事；冬天，寒风呼啸，吹得大棚呼呼作响，陈初一拿雕刀的手像结了冰块，但他陶醉在自己的世界里，似乎天天是暖心的日子。有木雕界的朋友闻风而来，看着他的巨樟又是赞叹又是惋惜：“你呀，真是个傻冒。如果把同等的精力花在别的作品上，你的收入定然不菲啊。”

陈初一不回答，那双小眼睛闪烁着坚定的光芒。

到了第三年，陈初一的创作突然进入了瓶颈。他觉得自己无法找到雕刻的感觉了。有人劝他放弃，更有老板愿意花 60 万买走。

陈初一却决定闭关修炼。“傻冒！”几乎每个人都这么说。

陈初一不加理会。他买来《菜根谭》《佛经》《六祖慧能传奇》《周易与人生》《画品》《道德经》等，日日研读。

每次看书前，陈初一都会先沐浴，再点上檀香。“我相信我有多尊重它们，它们就有多回报我。内心脱俗了，作品才能脱俗。有了佛心，我才能表现出佛性。”

半年后，陈初一爬上脚手架，眼前突然幻化出万千图景，指引他神游于创作中。陈初一的精神像得到了洗礼。

第四年，《五百罗汉》完工了！整件作品融圆雕与深浮雕于一体，人物与背景比例均衡，布局精巧。古樟身上的疤瘤、樱节、纹路和作品浑然一体。用传统浅浮雕和深浮雕表现的云彩，朦胧而深远。五百罗汉或弹琴，或下棋，或研书，或绘画，或喝茶，或聊天，或讲经，或说法，情节丰富，体态逼真。东溪村的人都惊呆了！

这年金秋，《五百罗汉》一举夺得中国木雕工艺美术博览会金奖，陈初一荣膺“中国木雕状元”的称号。大家纷纷致以崇敬的目光。

陈初一眨巴着小眼睛，说：“我这个状元呀，靠的全是傻冒劲。”

草鞋爷爷

山门村有个草鞋爷爷，名叫迟板栗。人们都说，他是个怪人。

都 91 岁的人了，居然还喜欢编草鞋。再说了，编草鞋哪是爷们干的活儿！

那天，迟问问来的时候，迟板栗正在打草鞋身。他抽取几根稻草搓成束，从左向右，再从右到左，如织布穿梭一般，一束一束地往上打。他的头往左偏着，偏得有些厉害，迟问问看着就觉得累。

“爷！”迟问问埋怨道，“别折腾了，也不怕人笑话！”

迟板栗只有迟问问这么一个亲人。迟问问在城里打工，工作辛苦但还算稳定。好几次，迟问问想接爷去城里看看，可迟板栗总是不答应。

“你爷就是喜欢编草鞋。”迟板栗偏着脑袋，说话间又打了两个回合。

迟问问暗暗在心里说：“榆木疙瘩！”他看了看屋子一角编好的草鞋转向迟板栗，说：“现在的人，谁还穿草鞋！”

“穿。有些人觉得草鞋时尚，大老远的都过来买。他们穿上草鞋，还拿出手机不停地拍照呢。”迟板栗说到这儿，声音突然大了起来。

嗤。迟问问用鼻子笑了笑，“爷呀，难不成灰不拉几的草鞋还能让您老红了火了发财了？”

“那哪能呢！你爷呀，就是喜欢。这草鞋啊，没人编，就要退出江湖啦。”迟板栗像做了错事一般，低下头，不再说话。空气里，只有稻草绳来回穿梭的噗噗声。

说起来，迟板栗编草鞋已经有六十多年的历史了。1941 年，才 17 岁的迟板栗走上了抗日的道路。部队里发的黑胶鞋穿了两天就磨破了，脚也磨出了一个个血泡。情急之下，迟板栗找来稻草学着妈妈的样子打了草鞋。两天后，草鞋磨破了，就再打。一双双草鞋，见证了战争的残酷和迟板栗的勇猛。

战争结束后，迟板栗带着被炸瞎的左眼、7 处贯穿伤以及一双没有底的血红色草鞋回到了家乡。

如今，只要没农活，迟板栗就爱编几双草鞋。

没想到，有人将迟板栗编的草鞋发到了微信上，有记者辗转找到了迟板栗。当迟板栗编草鞋的故事在电视里播出的时候，迟问问惊呆了。

他从小就知道爷的一只眼是瞎的，但他不知道爷是个抗日大英雄，不知道爷的草鞋还有这样的故事。

次日，迟问问哼着歌儿往老家赶。他的身边，还多了一个挺着啤酒肚的男人。一进迟板栗的家，男人就被满屋子的新鲜玩意吸引了：葛条、草鞋耙、草鞋齿、草鞋拗、草鞋腰、草鞋槌……最后，男人在屋子的西北角停了下来。那里摆满了草鞋，一双双，像一列列士兵整装待发。

“不错，不错。我全要了！”男人的声音像啤酒在冒着欢乐的气泡。

“爷，这回咱们可真要发财了！”迟问问冲着爷喊道。

“不卖。”迟板栗顾自打着草鞋，满是青筋的手像蛇一样灵活地穿梭着。

“爷，您这是怎么了？”迟问问呆住了。

“有剧组要拿草鞋去当道具，我正在赶活呢。”迟板栗歪着脑袋，那只浑浊的右眼仿佛看到了遥远的某地。他拈起一根草鞋筋，麻利地套成一个“8”字，说：“这次拍的电影讲的是草鞋兵的抗战传奇。大冬天的，绝大部分士兵还穿着草鞋、单衣，他们为了国家，不怕牺牲……”

迟板栗说着，喉咙有些变粗了。

但他的手一直没停。他拿起大剪刀剪去草鞋边缘多余的线头，再用一组线将耳纽贯穿起来。他捧起完工的草鞋看了又看，像在端详心爱的孩子。“问问，爷没想赚钱。我准备将草鞋赠送给剧组。”

“为什么啊爷？”迟问问觉得，爷总是做一些奇怪的事情。

“一个抗战老兵，还能为电影里的草鞋兵做点事，我高兴。”迟板栗的声音有点发颤，“我还打算收几个徒弟，免费教大家。编草鞋有了继承人，我也就死而无憾了。”

有阳光从屋瓦的罅隙里斜射下来，照在迟板栗歪向左侧的脸上。迟板栗沟壑纵横的脸庞仿佛抹上了神圣的光辉。

秤　心

石头村呈“丁”字型的石头大路上，摆满了土特产，玉米粉、梅干菜、葛根粉、野生猕猴桃、择子粉、番薯干……远道而来的城里人睁着新奇的眼，对着石头房石头凳石头路，还有那木头秤，不停地咔嚓咔嚓。临走，在汽车屁股里塞上一袋又一袋土特产，欢欢喜喜呼啸而去。

有着 800 多年历史的石头村，就像一个世外桃源。在这里，没有电子秤，家家户户用的都是手制的木头秤。笔直的秤杆、灰色的秤砣，像是从同一个娘胎出来的。

它们的“娘”就是石头村的石大手。

石大手长着一双超级大的手，却灵巧无比。挑木材、刨木、制粗坯、打磨、包铜管、定刀口、定星位……制作一杆秤往往要经过 32 道工序，每一道工序石大手都有严格的标准。

“做秤，要有秤心。”石大手的目光从老花眼镜上方探出来，憨憨地笑着，秤杆上的满天星也仿佛在冲他眨眼睛。

油菜花开的日子，石有水找上了石大手。

石有水有点驼背，走起路来却步子很大，别人迈三步，他两步就够了。看起来就像追着赶着要在地面找钱的样子。有人见他拿着一盒包装精美的礼品进了石大手的家。一段时间后，石有水又拎着那盒礼品大步子地出来了，刷刷刷，一路带起火星。

几天后，石大手家的油菜花一夜之间全匍匐在了地上，根部还被踩出了汁水。有人说，有个矮矮的影子，在油菜花田里迅速穿过，鬼鬼祟祟的。石大手笑笑，没说什么。

又是几天后，石有土走进了石大手家的石头院子，带着一脸山菊一样的笑容，附在石大手耳边说：“大手，我知道你人好心眼好，帮我做个短秤吧。你看那些城里来的客人，钱包鼓得像西瓜……”

“你！你！”石大手腾地站了起来，目光从老花眼镜上方探出来，带着凌厉，“是你哥叫你来的吧。再怎么样，我都不会做黑心秤的！你们哥俩，可不要黑了咱们石头村！”

“做秤，要有秤心；秤心就是良心。心正则公正，公正则秤正。千万不能昧了良心，砸了自己的招牌！”这么多年，师傅的教诲如犹在耳。当年，48 个参加县标准计量局考核的人里，只有 3 人顺利领取了考核证书，可以公开做秤。做秤是个技术活，更是良心活，一百斤的东西，刀口距离偏差二毫米，重量就相差七八斤。

“做了短秤，我一辈子都不会安心。”石大手用大手捋了捋光滑笔直的秤杆，看着石有土离去的方向，轻轻地叹了一口气，这声音，拖浆带水含着盐味儿。

这一晚，石大手翻来覆去，怎么也睡不着。

说起来，石有水也是够拼的，为了多捞几个钱，软的硬的什么都使上了。可这，使的是歪心眼啊。

次日，石大手去了石有水家。

石有水一见石大手，脸刷地白了，那背仿佛要往地面躲。石大手并不说话，兀自在石有水面前站住，右手从裤袋里掏出一个牛皮纸包，塞到石有水手里，说：“这是我这些年做秤的积蓄，你拿着。算我借你的。”说着，石大手转身往外走。

“大手，我对你不住啊！这钱，我不能收！”石有水的喉咙一阵阵发紧。

“给孩子好好治，你也不要太着急。”石大手站住了。

石有水的泪，浩浩荡荡地跑了出来。

去年，他的儿子觉得四肢无力，不料一检查得了肌肉萎缩症。如今，儿子的双腿越来越细，走路还需要用一副拐。

“大手，我，我……”

“再苦的日子，我们都会走过的。”石大手拍拍石有水的肩膀，走了。

后来，石有水的小摊上，多了一张硬纸板，那是石大手帮忙写的：“尊敬的顾客，我儿子生病了急需花钱。如果您愿意，我的土特产贵两毛一斤。谢谢！”

“好心人真多啊！”阳光照在忙碌的石有水身上，折射出生命的希望。

边上，有人将目光从老花眼镜上方探出来，憨憨地笑着。

小镇按摩师

17 岁的阿文成了孤儿。

那年五月，阿文的视神经突然萎缩，父母带着他到处看医生，不料在求医路上，出了车祸……

没了亲人，眼睛又只能看到模糊的影子，阿文内心的绝望像雪碧里的气泡，在砰砰地炸开。

秋日的一天，阿文去了周庄。阿文多次听语文老师讲起周庄的美丽和恬静，它像一个梦在他心头萦绕。阿文决定，游一次梦中的小镇后，就选择悄悄地离开，离开这烦恼的尘世。

那天，阿文走啊走，觉得头晕疲乏。一抬头，模模糊糊看到了红红的灯笼和蓝底黑字的牌子，就走了进去。

牌子上写着七个大字：盲人医疗按摩所。

那是潘小满的按摩所。潘小满先天失明，从盲人按摩学校毕业后，在临河的小街租了两间房。

潘小满告诉阿文，他的寰枢关节有些偏移，按一按就会好。潘小满给阿文做了颈椎整骨和全身按摩。在按摩的过程中，潘小满贴心的话语打开了阿文的心扉。得知阿文的处境，潘小满慢慢地开导他，并邀请他留下来，学一门手艺养活自己。

一年过去，阿文成了顾客最爱点的 3 号按摩师。

阿文的眼睛多少能看到一点儿光。店里有需要递什么拿什么的，阿文都很勤快。有一次，潘小满的口袋里溜出了几张钱，还是阿文及时发现，捡了起来。

大家都说，潘小满收了阿文这个徒弟，还真是收对了。

房东家的姑娘林雨欣似乎也喜欢阿文。不知什么时候开始，她有事没事会来潘小满的按摩所坐坐。有时，就单选阿文按摩；有时，就坐在客厅看看电视。林雨欣有一头披肩长发，总是散发出茉莉花般的香味。她婀娜又饱满的身姿在阿文朦朦胧胧的视线里，有着无法形容的美丽。

慢慢的，阿文的心里住进了一个人。他似乎每天都在盼着她的到来。

不料有一天，房东约见了阿文。

“如果你喜欢雨欣，我们就自己开按摩所，你来培养新的按摩师。怎样？”

“那师傅怎么办？”阿文忐忑的心在打鼓。

“潘小满是正式学校培养出来的，到哪都有生意。你不用担心。”房东说。

一星期后，阿文成了按摩所的师傅。日子变得非常繁忙。八个多月后，他终于培养了两个徒弟。阿文刚想喘口气，却突然收到了房东的驱赶令：“你连收留你的师傅都可以辜负，我看你以后也一定会辜负我的女儿。请你另谋出路吧。”

仿佛一个惊雷在头上炸起。阿文羞愧难当。

原来，当潘小满生意红火的时候，房东的眼睛也红红的。他想，这里已经积累了稳定的客源，如果收回房子，自己来开按摩店，生意一定不错。而阿文，只是房东手上的一枚棋子罢了。

可是，阿文明白得太晚了。

带着一颗愧怍的心，阿文一连几天都在街上瞎走。

突然，阿文停住了。眼前是一家馄饨店，很小，就开在周庄船娘客栈附近。这里的馄饨皮薄肉软，特别是撒在上面的碎油渣，那香气像长了脚，四处跑动。

阿文听到了一个熟悉的声音。

“师傅！”阿文三步并作两步上前。

对方愣住了。良久，一双手迎了上来。

“师傅，我，我对你不住……”

潘小满的手微微地抖了抖，伤心的过往如黑白电影呈现。当年，房东收回房子，潘小满只好回到自己位于周庄最北边的偏僻小屋，重新开了一家按摩所。孰料一个月后，潘小满的母亲确诊得了食道癌。那段时间，潘小满只觉得世界从外到内都是黑色的。

“年轻的时候，谁不会犯迷糊呢。”潘小满缓缓地说，“过去的，就别提了。智者拿得起，慧者放得下，咱们都要往前看。”潘小满的耳边，又传来母亲临终前的声音：“原谅别人，也是善待自己。”母亲是个慈善的女人，喜欢用碎油渣烧馄饨。

听着师傅的话语，阿文的眼里有花在晶莹地开。他递过两条裤子，道：“师傅，这是我设计好再请人定做的裤子。您看看，四个口袋，个个深着呢。”

虽然钱的右下角有盲文，可是它极易磨损难以分辨。盲人收钱需要分类，袋子少了浅了，就容易出错。

接过阿文的裤子，潘小满仿佛看到了当年那个帮他捡起钱的小年轻。他的手又一次攥住了阿文：“孩子，我的 3 号，师傅随时欢迎你——回家。”阿文眼里的花，一朵一朵滴落在潘小满的手背上。

是的，回家。他的心已迷路太久。

馄饨店门口，迎春花正勃勃盛开。周庄的天空，蓝得好纯粹。

水 芹

大清早的，婆婆又出去了。

媳妇这次偷偷跟了出去。

婆婆已经八十二岁了，背驼得几乎和地面平行。在家里，婆婆像是一个废人。

媳妇跟着婆婆来到了村庄西头的小溪边。她远远看见婆婆蹲下去，在采着什么。

媳妇想起来了，那里有一片水芹，或尖叶或圆叶，生长在清清浅浅的溪水中。高高矮矮，像一群女孩，在满心喜悦地东张西望；你簇我拥，如红颜与春心在羞涩中等待一个心跳的距离。叮咚，叮咚。当年的媳妇好像听见了心底泉水般的声音。

那时，日子是多么美啊。媳妇和男人喜欢来到这里，看溪水，看水芹。男人说，乡下野草一样的水芹，城里人可喜欢吃呢。

可是现在，男人已经好几天不和媳妇说话了。那枚戒指，是花了男人很多心血，有很多记忆存在，可是，自己也不是故意丢了的呀。媳妇想着，不由得眼睛一酸。她眨眨眼，继续看着婆婆。

不知道过了多久，婆婆站了起来。她的怀里抱了一大捧水芹。

媳妇不知道双眼老花的婆婆是怎么分辨出水芹的。媳妇不知道眼睛和地面平行的婆婆干吗要拎着水芹带着老年证赶到城里去。上了年纪，总会来点古怪。得，由她去吧。

当春天走远，婆婆拿出一叠整理好的零钞交给了媳妇，说：“拿着，慢慢攒，戒指迟早能买回来。”

媳妇的眼睛突然酸到了极点，她不敢眨眼，生怕有东西不争气地掉下来。媳妇知道，在她们扬州坊间，水芹也叫路路通。有了婆婆的爱，有什么路不能通呢！

晚饭花

近来，小眉爱上了更新。

更新后，小眉最爱看的是谁点赞了，谁留言了。

渐渐地，小眉发现，有个叫晚饭花的人每次都是第一个点赞，但从不留言。

Ta 会是谁呢？小眉进了对方的空间，却发现什么也没有。

难道是小雨？记得那次，小眉和小雨吵了一架，老师让她俩握手言和，还说女孩子家更要气量大，否则可要越长越丑的。

也许是小宗？这小子好像有点喜欢我。记得那次去食堂排队，明明他在前面，却让我先打了。想到这，小眉的心像带了露水的玫瑰花瓣。

梅雨季节，小眉的心也跟着发了霉。小雨又拿白眼对她了，小宗好像对别的女生也很好，老师居然认为小眉的成绩有水分。天，是那么那么地暗，暗得小眉在空间上写：活着，是一场疲倦的旅途。友情和爱情，统统是辜负人的游戏。

照例，晚饭花又第一个点了赞。

无论是哲思还是无厘头，无论是开心还是抑郁，晚饭花都点赞。这人到底是谁！

那天，小眉不按常理出牌，在空间里写道：城里新开了家窝窝头，想着就好吃。

不想第二天就吃上了窝窝头。

小眉又更新：塑料梳子对头发不利。亲们，用木梳吧。

第二天，家里就有了木梳。

小眉想起妈妈默默守候的眼神，想起家门口那一大丛的晚饭花，一下子似醍醐灌顶。

就算世界辜负了你，就算青春撞伤了你，总有一个人，像晚饭花一样，守护着你，为你点赞，为你悲喜。

黑白手

小糖有一双神奇的手。

小时候，父亲叫小糖往瓮里抓豆，他抓出来的黑豆和白豆居然一样多。父亲说，这是上天派来的黑白手，黑白分明，专门为人主持公道的。

小糖成了父亲的得意儿子。每周三，父亲还专门给他上早课，俨然传授治家的法宝。

一向蛮横的大糖鼻子嗤了一声又一声。

家里承包了一个池塘。小糖说，养莲藕吧，养那种七孔藕，夏天就可以挖上来吃，味道脆脆的。那红色荷花结出的莲子特别甜呢。

大糖说，不行。还是养珍珠蚌好。赚钱。女人家还可以挑最圆润的珍珠自己戴。

双方的女人也议上了，最后就吵了起来。

父亲说，得，老办法，让小糖抓阄吧。最终，池塘养上了珍珠蚌。

日转星移。父亲老了，还患上了小中风。大糖的女人和小糖的女人就父亲住谁家的事情吵了起来。

小糖说，住谁家，老天说了算。谁也不必争。

又是抓阄。“和小糖同住。”老天说。

后来的后来，大糖和小糖都成了老父亲。一个家里天天鸡飞狗跳，一个家里日日鸟语花香。一天，大糖忍不住问小糖：“当年父亲给你传授的法宝到底是什么？”

“其实父亲每次都和我说四个字。”小糖卖了个关子。

“黑白治家？”大糖问。

“不是。当年的阄我都是做一样的。我的手根本不神奇。”小糖淡淡的话语，把大糖的眼睛和嘴巴都撑大了。不等大嘴巴合下来，小糖继续说：“神奇的秘诀是——吃亏是福。”

老　兵

为了这一天，老兵李安康等了整整 63 年。

根据中韩双方的约定，437 具抗美援朝志愿军的遗骸将于 2014 年 3 月 28 日归还中国。

看着报纸上的这段话，老兵李安康泪流满面。

他颤抖着，将它们抄到本子上，同时写下“1950 年 12 月～1953 年 7 月 27 日”。作为我国 4 位志愿军老兵代表之一，李安康将赴韩迎灵。等待的日子，老兵李安康夜夜难眠。往事像按了重播键，不停地在李安康心里播放。

那是朝鲜战争爆发的第二年，几位解放军战士走进瑞安中学的大门，贴上了一张告示，李安康好奇地挤过去看，只见上面写着：因为前方打战需要，要招几个文化高的学生去朝鲜。李安康想，我身体不错，又是家里的老大，我不去谁去！他当场和两名同班同学一起报了名。李安康想起《战争与和平》中那个为国捐躯的少年，不禁热血沸腾。他清楚战争的残酷，但他更明白祖国的需要，决心把自己的热血挥洒在战场上。

李安康很快接到命令去上海集合。那天晚上，部队在瑞安城区的一个大操场举行了告别仪式。母亲一再嘱咐他一定要活着回来，并拿出一方红布叫李安康收藏好。李安康一看，这是母亲的红肚兜裁剪成的。母亲说，红布是以前妈的贴身之物，红色是吉祥的颜色，妈保佑你平安回来。

母亲的眼里有晶莹莹的花在开，李安康明白母亲的心，他连连答应，却在心里说，妈，儿子不孝，战争无情，生死难料。

李安康作为军需员，负责部队日常用品的发放工作。一次，李安康开车没注意，车灯亮了一下，飞机一下就来了，炸弹甩下来，炮砰砰地响，把李安康的帽子都炸飞了。

1953 年 1 月，李安康所在的 222 团 3 营 8 连接防 391 阵地坑道内严重缺水。该阵地位于朝鲜中部注字洞五圣山，是邱少云生前驻守的阵地。100 米外就是敌方的前沿阵地，敌人日夜用机关枪封锁洞口。

上阵地第四天，天刚黑下来，指导员就说："没有水，战士们快渴死了，有的在喝自己的尿，有的把舌头贴在石头上吸湿气。必须找到水源才行。"

李安康主动请缨，要去拿水。战士们收集了 20 多个军用水壶，交给李安康。李安康背上冲锋枪和水壶，往前沿阵地的山沟摸索着走。在泛着少许白光的小路上，他仔细辨认路痕，确认有没有埋着地雷。当走下 70 余米时，他发现小树丛里横着两段原木一般的东西。他猫着腰手提冲锋枪警惕地向那两段东西走去。待走近了，才看清那是两具尸体，仔细一看，在上面那具尸体边的岩缝里，喷涌着一股清水。李安康高兴极了，他将尸体移开几步，看见战士手里的水壶，明白两名战士是过来取水，遭到了敌人封锁水源的机枪扫射。

李安康怕美军机枪再次射击，不敢怠慢，连忙趴下喝饱了水，又急速卸下身上背着的水壶，快速将所有水壶灌满。李安康觉得还不够，又取出红布吸饱了水往回走。回去时，李安康遭到了机枪扫射，好在他机警，最终取回了 6 壶水。其他的水壶被射中，水统统漏光了。红布的水也被战士们挤出分着喝了。

1953 年 7 月 13 日黄昏，抗美援朝最后一场战役——金城战役打响了。上战场之前，李安康按照指挥员的要求，在衣服上写好血型、家乡、部队代号等，做好了牺牲的准备。

战争惨烈，李安康眼睁睁看着一发炮弹过来，副教导员的头一下就没了；班长的手和脚全被炸飞了，鲜血把边上的他喷得全身都是。

1953 年 7 月 27 日下午两点，天空特别晴朗，战场特别安静。这多少让李安康不大习惯。直到晚上，他才知道停战了。李安康拿出母亲给的红布，高兴得哭了起来。

回到家，母亲摸着李安康上上下下，泣不成声。原来，因为担忧和思念，母亲日夜哭泣，瞎了眼睛。李安康后来才知道，他的两名同班同学都牺牲了。

生和死，不过是隔着一抔黄土。战士们驰骋疆场，为国捐躯，烈士忠骨流落他乡。和牺牲的战友相比，李安康觉得自己是太幸运了，虽然，他的身体就像一部处处残损的机器。转业后，他一直在山里开诊所，免费给人医疗。他的诊所里，挂着一个打了好多洞的水壶，水壶上系着一方几乎看不出色彩的布。它们，穿越了 63 年的时光，承载了太多的故事。

不久，报纸给故事写下了结局：老兵李安康迎灵归来，安然辞世，享年 85 岁。

我叫贺卡卡

我叫贺卡卡。在我们八一初中，简直无人不晓。每次我走进校门，那个穿着保安服挂着扑克脸的门卫，就会在背后说：“喏，那就是贺卡卡。”

我昂首挺胸目不斜视地往前走，丝毫不理会背后的一双双眼睛。

是的，我就是个坏女孩。一个星期里，我曾经两次翻过校园西边的那堵矮墙逃走。我戳过路边的汽车轮胎，拔过花圃里的郁金香，剪过一只小狗的尾巴尖。我父母在外打工，从来不管我。老师的眼神，不会在我身上停留一秒。他们称我是希望生，我知道那是没希望的意思。

这学期，新来了一位老师，名字居然叫文言一。他好像一点儿都不知道我的过去，总是喊我做这个做那个。

“贺卡卡，帮老师去办公室拿杯水。”

“贺卡卡，给我一支红笔。”

什么玩意，老拿我开涮！我用眼睛剐他，用嘴角歪他，他好像都没看见，每次总要说上一句“谢谢你，贺卡卡”，还冲我笑微微的，右嘴角露出一个小小的梨涡。

慢慢的，我有了担忧有了害怕。我担心自己让他失望。可是我不知道该怎么办。我已经习惯了不学习不做作业。

那天，文言一又叫我去办公室拿水杯。我突然看到桌子的右上角放着语文作业本的参考答案。有一小叠，是老师发我们作业本之前留下的。我的手不由自主地伸过去，心砰砰地乱跳。一个声音说，你这样做是小偷。

一个声音说，抄作业总比一个字不写强。

回到家，我认认真真写了篇日记。说实在的，连我自己都不敢相信，我居然拿起笔写了日记。这搁以前，肯定是校园重大新闻。当然，我不会让别人知道的，这是我的秘密。“我将参考答案塞进怀里，像藏着一个炸弹。我真怕文老师看出来，但老师只是笑着向我致谢。”我合上日记本，把它藏到了枕头里。

自从有了参考答案，我每次都受到文言一的表扬。有一次，文言一还拿着我的作业本让全班同学传阅：“看看，多么清楚的书写！贺卡卡的态度，值得我们学习。”我以为我会收到一束束鲜花一样的目光，没想到有同学在窃窃私语：“贺卡卡是什么人，这里肯定有猫腻。”

日子一天天过去。麻雀娘——我们班那个最好事的女生终于忍无可忍，她趁着课间休息，大声地对文言一说：“文老师，我怀疑贺卡卡的作业是抄的！”

我的心扑通扑通，就要跳出胸膛。

然而，我马上告诉自己，没事。我从来就是那个坏女孩，大不了再翻一次墙。学校的围墙早就认识我了。

“过几天就要单元测试了，大家都用实力来证明吧。”文言一说。

这样的话，其实很普通，但对我而言，却有不寻常的意义。这是文老师对我的信任！

我暗暗发誓：我一定不让老师失望。

“贺卡卡，帮老师把作业端过去。”端作业向来是课代表的事情，可能是我坐第一张桌子方便吧，可能是老师特别器重我吧。我捧着作业边走边想。

到了办公室，我赫然发现厚厚的一叠单元测试卷就放在桌上。它们热情地向我招手。我转头看看文老师没来，以最快的速度抽出一张，藏进了口袋。

三天后，测试成绩公布了。我得了 68 分。虽然只是及格，却是我有史以来最好的成绩。我开心得想歌唱。确实，我的喉咙像跑进了一群蜜蜂，不嗡嗡嗡地闹上一场就难受。

可是，我不敢。

回到家，我打开了日记本。

“这张试卷成了一块火红的烙铁，烫得我良心起泡了。难道我还要继续做这样不光彩的事情吗？我这样做对得起老师的信任吗？我突然有了撕掉试卷的勇气。然后，我心上那块老沉老沉的石头被搬走了。我有了轻松自在的感觉。”

看着这篇日记，我笑了。

我拿起笔，细细的笔尖在纸上游走，小蜜蜂们一只只飞出来，我看到了美丽的春天，一个盎然的世界。

“无论怎样，当小偷都是不光彩的。偷知识和偷东西没什么区别。以后，我一定要好好努力，让麻雀娘无话可说，让文老师为我高兴。”

后来，我考上了高中。虽然不是重点中学，但人人都觉得是奇迹。参加毕业典礼那天，那个穿着保安服挂着扑克脸的门卫，一见我过来就大声说：“喏，那就是贺卡卡。”

我知道，他是为我高兴。

我更知道，有一位姓文的老师，为了我，煞费苦心。

惊 蛰

俗话说，过了惊蛰节，春耕不能歇。眼看惊蛰将至，来金嫂那个急呀，就差给佛祖磕头了。

几天前，来金嫂突然发现腰部长了米粒大小的发亮水疱，有灼痛感。一晚过去，水疱蔓延，痛的感觉像锥子往身子里打洞一样，好是难熬。村庄里上了年纪的老人告诉她说，哎呀，你长蛇盘疮了，要是腰部围上一圈，可是要出人命的！

乡卫生院的医生倒没说得这么恐怖，但他提醒来金嫂，用药必须及时，多吃新鲜蔬菜，多休息，不可疲劳。

可是，能不疲劳吗？

来金去外地打工了，家里的活儿，田里的活儿，全是她一人扛着。儿子上初二了，学习紧张，还有青春期的小脾气。人家有男人管着，都未必轻松啊。

正想着，来金嫂看见曾有水和他女人扛着锄头往庄稼地走去，心里突然泛起了酸涩的味道。

曾来金和曾有水，是前后邻居，又是田邻居，俩小孩还是同班同学。按说，关系应该不错。可事实上，两家人在两年前突然不说话了。乡村小，抬头不见低头见的，两家全当对方是透明人，直接忽略。

那年，来金嫂害便秘，听说菠菜富含植物粗纤维，吃吃不错，就在家门口的一块旱地上种了半畦。可是，有水家的鸡老是来啄菠菜，硬是把翠嫩嫩的菠菜啄得狼藉一片。来金嫂放出话说，把鸡管管好，我要下药了。

次日，她果真将甲胺磷混进谷子，活生生把有水家的三只鸡给毒死了。好好的鸡就这样死了，两只母鸡已经会下蛋，那只公鸡准备杀给儿子补身体长高的，连黄芪都买好了。有水嫂气得连骂人的力气都没了。

梁子就这样结下了。

作为田邻居，以往渠道引水总是大男人曾有水去。来金嫂家的田少水了，人家给顺便引进去；太满了，就把田缺踩低，让水出去一些。可是这两年，来金嫂都要自己扛着锄头去引水，有时半夜还要往田里赶。水是庄稼的命，也是庄稼人的命。

眼下惊蛰已至，庄稼人把惊蛰时节视为春耕开始的日子。田埂加固、水稻播种、抛秧插秧，活儿一桩紧挨着一桩。

老庄稼人说，前半夜有收成，后半夜颗粒无收。可见节气是多么神奇。立春阳气转，雨水沿河边。惊蛰乌鸦叫，春分滴水干。清明忙种粟，谷雨种大田。什么节气赶什么活儿，那是万万马虎不得的。秧龄只能是一个月，过了这个时间，即使神仙也无回天之力。如果秧龄超了，秧苗种下去不久就会抽穗，只能长出两三粒谷子，不可能长成马尾巴那么壮。农人种庄稼就是和时间赛跑。

如今，来金嫂要做的是抓紧拔秧插秧。那天，她正坐着独脚秧凳在拔秧，身子痛得几乎想躺到水里去。

突然，她看见曾有水和他女人向她走来。她赶紧低下头去，不想让人笑话。不料，这两人也不说话，下了田就帮她拔秧。有水力气好，秧凳也不用，直接蹲着拔。你看他，左手捋过两拳头高的秧苗，右手一使劲，秧就乖乖地待在右手上。那秧啊，一把一把积得像纸扇一样，根部平平的，上部舒舒展展。完了用稻草秸一扎，简直像一件作品。有水嫂呢，右手一下一下，动作娴熟，又不乏优美。

农村里，管第一天插秧叫开秧门，开秧门开的是希望之门。曾有水两口子不计前嫌，是想给自己带来希望啊。想着想着，来金嫂的内心就如潮水拍岸，一浪紧接着一浪。

傍晚歇工的时候，来金嫂顾不上拍去泥腿上的蚂蝗，对有水的女人说：“有水嫂，我，我……”说着，喉咙就哽住了。

有水的女人捋了一把脸，那脸满是汗水和泥水，但一点儿不影响它的美丽。“乡里乡亲的，别这么说，来金嫂。我要不帮衬点，我儿子都不愿意呢。”

此时，来金嫂觉得自己也进入了惊蛰时节。不同的是，大自然是春雷乍动，把冬眠的动物惊醒了；而自己，是把心里睡着的那只善良之虫唤醒了。她暗暗对自己说，等关了秧门，我一定要去有水嫂家好好地登门道歉。当然，必须带上儿子。

宅　男

十月的风一开始刮，就仿佛一双双温柔的美人手在远方召唤。来吧，美丽的风景在等待亲们欣赏。

尚清华却好像抱上了定海神针。

杨桃问他：“真的宅家了？”

“不是蒸的，还是煮的不成？”尚清华把球踢给杨桃，“难不成才几个月你就忘了？”

杨桃怎么会忘？

尚清华长得阳光帅气，喜欢带着杨桃走过山走过水，走出一路的风情和爱意。上个五一小长假，尚清华和杨桃约定，要重走华山，捡起五年前的浪漫。其实，尚清华还有个秘密计划，他准备在华山山顶日出时分向杨桃下跪求婚。

谁知，刚过华山北峰，前方的路就被堵实了，愣是塞了两个小时后才缓缓蠕动。尚清华和杨桃好不容易挤上东峰的观日台，太阳早已高高地挂在空中了。更让尚清华郁闷的是，人多得像蚂蚁，肩膀挨着肩膀，倘若身子瘦小一点儿，一不留神还会被人抬离地面。

杨桃站着站着，差点儿睡着了。尚清华拍拍杨桃，努力振作精神，想让杨桃接住他温柔的目光。杨桃却完全不在状态。尚清华拿出戒指，想找个地方弯腰下跪，却发现没有丝毫的空间。一不留神，他捏在手中的戒指丁丁咚丁丁咚地落下了山崖。

那脆脆的声响，把杨桃彻底唤醒了。

明白了状况的杨桃直想发火，却碍于局促的空间，施展不了手和脚。她只好把自己的眉毛烧掉了，眼看就要烧头发了！似乎闻到焦味的尚清华无力救援，只好把自己的眉毛和头发也烧了一遍。他俩的上空，好像升起了两股白烟。

“宅家里，省心。”看着杨桃那份不堪回首的神情，尚清华觉得自己就像那只吃不到葡萄就说葡萄酸的狐狸。可是，能有什么办法呢！

“七天的假期哎。宅家里不发霉吗？”杨桃显然是好了伤疤忘了疼。

杨桃不想让尚清华当宅男。在她眼里，宅男就是脸色苍白，双目无光，整天沉迷在网络里的男人。他们饿了，吃方便面；渴了，喝纯净水。如果家里没东西了，逮住板蓝根也能填肚子。这样的男人能给自己什么？

“放心吧桃儿，我只当假日宅男。”仿佛看穿了杨桃的心思，尚清华眨着小眼睛，扮了个小鬼脸。

正说话间，杨桃的爸爸打来电话，让他俩过去吃板栗。

杨桃的爸爸早些年在山坡上种了几株板栗，如今越长越高，小刺球一样的板栗挂满了枝桠。产量高了，杨爸笑了，又愁了。

吃过又粉又香的板栗，尚清华在网上发布了商品信息。足不出户，却为杨爸的板栗找到了销路。

杨爸笑得像煮熟的板栗，咧着嘴，整天乐呵呵的。杨桃也跟着乐呵。

尚清华看着一脸喜气的杨桃说：“桃儿，这几天，我要带你玩遍世界。”看着杨桃发愣的样子，尚清华马上补充道：“不用奔波，不用挨挤，不用花钱，一台电脑一根网线足矣。”

火车不是推的，清华不是吹的。尚清华带着杨桃来了一场虚拟旅游。不需要办护照，连虚拟机票也是免费的。杨桃刚刚还在上海，一秒后就到了瑞典。杨桃和尚清华手拉手在虚拟的线路上自由行走，驻足观景，攀山过河，玩得新鲜又刺激。

当杨桃的闺蜜给她发微信的时候，杨桃正在多米尼加的沙滩上行走。洁白的沙滩宛如柔软的大床，一直延伸到碧绿的海水里。杨桃恨不得把整个身子埋到白沙里。

“被堵十几个小时的心情，亲能想象吗？”不知道为什么，看着它，杨桃笑了。也许，她想到了五一时的自己；也许，她在庆幸自己跟了一个励志系宅男爱情系宅男。

“只要有爱有梦想，宅不宅都没关系。”杨桃看了看尚清华，拇指一动，更新了她的微信。

大　喜

“这次可一定要请客了。喜事啊喜事。”瓦片起劲地擦着桌子，肩膀忽高忽低的。

“这算什么喜事。你那点钱能买到什么！不怕人笑话吗？”女人在一旁下成熟的玉米粒。她拿着一把平口螺丝刀，自玉米根部撬下一行玉米粒，然后用右手一排一排地剥着，那利索的动作一看就是干活的好把式，说话间，已剥了小半个玉米。花斑小狗在一旁追着自己的尾巴转来转去。

“那要看买什么啦，如果是盐，够吃大半年的啦。”瓦片说到这就乐了。桌子锃亮锃亮，似乎能照出人影，瓦片却还是没停手。“不算大喜，小喜总是吧。请上一回，大家乐呵乐呵。”他一边擦一边说，声音也随着起伏起来。

“那要花不少钱呢。今年棉花减产，你又不是不知道。”女人停了停说，“玉米呢，也只够自己吃的，做做玉米饼玉米羹罢了。”

“那可以少请几个啊，走走更亲么。”瓦片说着，直起了腰，挥了一下右手。手中捏着的抹布划了一道小弧线。

不久，台葱就得到了瓦片家有喜事的消息。但和他又有什么相干呢？台葱和瓦片，已经一年多没有说话了。

这个瓦片，真的好过分。

他为了把自己家的地拓宽一点儿，把田塍给削瘦了。而田塍的另一头就是台葱家的地。那次，台葱挑着水经过田塍，生生把腰扭了，把水洒了。

台葱来到瓦片家理论。瓦片正在啃番薯，听到台葱的投诉，居然像玉皇大帝的屁股，坐得稳当当的，不挪一下位。只见他吧唧吧唧了几下，咽下番薯，轻描淡写地说：“两脚不长眼，还怪天怪地啊。”

梁子就这么结下了。

此后，台葱再没理过瓦片。即使抬头不见低头见的尴尬时刻，台葱的眼神也能做到无障碍通行，不和瓦片有任何交集。

其实，没多久，瓦片就后悔了。

那回，他掐了空心菜往回走，突然，脚一崴，只觉得疼痛从脚踝处升腾，整个人滑到了田里，把一丛韭菜踩成了熟食。他蹲下身子揉脚踝，边揉边骂：“缺德，真缺德！”

揉啊揉啊，瓦片感觉自己的两只耳朵都发热了。乡下有个说法，谁做了缺德事，耳朵就会发烧。

“缺德！缺德！”瓦片听到好几个声音在说。那条被他削得瘦不拉几的田塍也好像在冲他翻白眼。

瓦片为自己感到害臊。

可是，树有皮人有脸，他怎么也搁不下脸来道歉。好几次，瓦片想寻个找花斑小狗的理由，走到台葱他们家那边去，找个机会说句话，终是没有勇气。

好在这次终于有了机会。在乡村，喜事请吃饭，是解开怨结的渠道。过错方往往会发出邀请，委屈方就会不计前嫌，相逢一笑泯恩仇。

“台葱，明天中饭还请赏个脸啊，来喝杯薄酒。”瓦片来到了台葱家，嘴未开，笑先闻。花斑小狗跟在身后，不停地摇着尾巴。

“客气客气。瓦片，是什么喜事啊？”台葱一脸真诚，好像两人从来没有芥蒂。

“哈哈，我摸彩票中奖了。这么多年，这可是头一回啊。”瓦片笑着，额上堆起干萝卜皮一样的笑纹，不自觉地搔了搔头皮。

“恭喜恭喜。”台葱递过一杯水，问，“几等奖啊？”

“嘿嘿，嘿嘿。管它几等，咱高兴就是。嘿嘿，嘿嘿。”瓦片的笑声像晒在阳光下的玉米粒，朴实饱满。

“大喜大喜。祝贺祝贺。”两双粗糙的手叠在了一起。

犀牛木雕

“谁拿了犀牛木雕？”我生气地质问。苍白的墙壁无内容地沉默着。

一元摇了摇头，二元摇了摇头，两双眼睛流露着几丝不安。

家里谁都知道，这件犀牛木雕是多么名贵。那是玉檀香木雕，颜色如玉，花纹清晰，香气如烟。很多年前，孩子的爸爸从巴西带回。可是，它突然不见了！

“只要放回原处，这事就不追究了。”作为教师的我，自然懂得一点儿做事情的策略。

每天一回家，我就往书房看。可是，两天了，那个往常放犀牛木雕的位置还是空荡荡的。

“一元二元，你俩都是初中生了，应该知道责任心，知道不能撒谎对不对？家里除了少犀牛木雕，什么都没丢，什么都整整齐齐。你俩谁逃得了嫌疑？既然都不承认，两人都罚！罚抄课文！”我的职业病犯了，我怒气冲冲地翻开语文书，找出一篇长的文言文，让我的双胞胎儿子抄 5 遍。

我以为中途会有人妥协。没有。一元二元居然都抄了，还抄得清清楚楚，像铅印似的。一元竟然还说：“妈，其实抄课文还不错，我本来不会背的，现在会了。”

反了反了。我就不信我治不了你们！

两天后，是周六。我郑重宣告：“我的忍耐是有限度的。既然没人承认，我就继续罚。罚你俩今天不许吃晚饭，也不许吃水果。”

我这俩孩子，特别能吃，尤其是水果，每天要吃不少。

没想到，这办法还真有效。一元弱弱地说："妈妈，对不起，犀牛木雕是我拿的。你就罚我一人吧。"

"你拿去干吗？快拿出来！"我的眼睛睁得圆圆的。

"我，我想拿去看看。可是不知什么时候它找不到了。"一元低下了头。

我把一元拉到另一个房间，关上门，说："你在撒谎。一元，你从小就不爱撒谎。你一撒谎，右耳朵就会发红。"一元赶紧用右手罩住了他的右耳朵。

"你还有什么想说的？"我继续生气。一元的脑袋往右歪着，两只葡萄一样的眼睛慢慢湿润了。

"妈妈，二元这么瘦，我怕他不吃东西会更瘦……"一元的声音像露珠一样晶莹，我真想和小时候一样，一把拉过他，抱抱亲亲。可是，眼前的一元，已经长大了，他的嘴角长出了细细的茸毛。他的身板像白杨一样挺拔。

这身板多么像他爸爸！

前段日子，我和他爸扛上了。他居然瞒着我去炒股，把两万元钱全炒没了。这两万元，是我一个字一个字敲键盘赚的稿费，我本打算买一个好一点儿的笔记本电脑。以前的电脑都用了八年了，速度慢得我老是着急上火。如今，是他爸让我上火。而他，却跑上海去了，说是公司派他出差。

我很懊丧。我的男人在躲我，我的儿子丢了家里的宝贝。

"妈妈，您不要生气好不好？上次我听见您在电话里和爸爸吵架，您真的不想原谅爸爸了吗？"

"臭小子，我和你爸没你想的那样。"说着，我在椅子上坐了下来。一元看了我一眼走出了门。

须臾，一元和二元来到了我面前。一元给我捶左肩，二元给我捶右肩。他们的拳头不轻不重地落在我肩头。我的肩膀，可能是因为经常打字的缘故，老是发酸。捶完了，一元又给我端来了洗脚水。我的脚浸在温温的水里，我的眼眶也变得温润起来。我仿佛看见了他们的爸爸。临睡前，他总会给我捶肩，给我端洗脚水。我为什么要为一件也不算大的事情伤了彼此的感情？

我决心原谅老公。我决定不再去计较犀牛木雕。

次日，老公回来了。我迎上去，接过他手里黑色的包。

包好沉。我把包放在桌上。老公过来抱住了我，说："亲爱的，对不起。都是我的错。"我心里的乌云彻底消散了。

过了一会儿，老公从包里捧出了一件东西。我的眼睛突然睁大了。

这不是家里的犀牛木雕吗？颜色如玉，花纹清晰。怎么跑上海去了？难道是儿子告诉他爸，让他找来了一模一样的？

老公仿佛听到了我心里的声音。他说："前几天梅雨，犀牛木雕有些受潮，我担心它遇湿膨胀，拿到懂木雕的朋友那保养去了。这次出差回来，顺便把它带回家。"

噼噼啪啪，我仿佛听到了花开的声音。是啊，木雕需要保养，感情也需要保养。彼此珍惜，彼此包容，生活就会充满花香。

舞　痴

要说八一小区谁的舞跳得最好，那自然是陈腊月了。

三年前，陈腊月退休了，有了大把大把的时间。儿时的爱好又复苏了。从小，陈腊月就喜欢跳舞。小学时特别时兴扭秧歌，每次学校参加跳舞活动，陈腊月都会帮着老师教同学跳，她嘴里念着“一二三四”，小屁股扭得像朵喇叭花绽放，小手甩得像柳枝婀娜。

如今的陈腊月，成了八一广场东侧每天早晨和晚上的跳舞明星。

跳的是佳木斯，人称“僵尸舞”。陈腊月在一群老太太老大爷中格外突出。这种舞，动作死板僵硬，可陈腊月却跳得鲜活生动，连眼睛都跟着步子在说话。

可苦了陈腊月的老伴。

这天，陈腊月一回家，老伴就说：“腊月，你能分担点家务吗？一日三餐，洗衣服拖地浇花，都我一人干，我可吃不消啊。”

陈腊月却好像没听见似的，迈着轻盈的步子进了电脑房。她拿出刚刚买回来的碟片，开始研究里面人物的步伐、表情。

一个多小时后，她才从电脑房出来，脸上泛着红光。“老伴，我要到美容院办张美容卡，家里的活儿，就让你辛苦了。”不等老伴答话，陈腊月就风风火火地走了。

慢慢的，陈腊月越来越漂亮。平时不化妆的她化起了妆。

后来，陈腊月每天回家都在谈她的搭档，今天这谁，明天那谁，说得眉飞色舞。原来，她已经不再跳佳木斯，改成了跳交谊舞。交谊舞舞池就在八一广场西侧，陈腊月去了之后，很快成了交谊舞的红人，邀请她跳的人特别多。听着陈腊月的那些话语，老伴心里特不是滋味。老伴也是事业单位退休，在单位颇受敬重。只是，在家里，他一直对陈腊月百依百顺。

年轻时，陈腊月为了照顾女儿放弃了舞蹈的梦想。这事一直让老伴内疚感动。

可是如今，陈腊月对舞蹈的痴迷实在让他扛不住了。

那天，他终于向女儿电话倾诉，女儿说："爸，跳舞有利于身体健康，您老就和我妈一起去潇洒吧。"

话说到这份上，也只有这样了。老伴从来没有跳过舞，一到那场面，手和脚就完全不听使唤，不是身子硬在那里，两眼盯着脚尖，就是频频踩上陈腊月的脚。不出三天，老伴就死活不肯去了。

陈腊月没有勉强，每天去广场两次，其他时间不是研究跳舞就是出入美容会所。她还特意去拉了眼袋，整个人看上去更显年轻了。再加上她身段好气质不俗，回头率一点儿不输于小年轻。

七月以后，陈腊月嘴里只挂着一个人。

"这小伙子好啊，长得很帅气，嘴巴甜得像抹了蜂蜜，那舞姿没得说。"

"小伙子很勤劳，我要是有这么一个儿子呀，那真是前世修来的福气。"

"小伙子有志气，年纪轻轻投资开公司，听说钱还不大够。"

……

原来，陈腊月和一小伙子成了固定的舞伴，跳舞的感觉那是前所未有的好。

一天，老伴在整理东西时，发现存折上的二十万元钱不见了。老伴想起陈腊月这段时间的言语，心突然扑通扑通地加快了节奏，老伴不会这么莽撞吧？不会不会，这太可怕了！这可是两人这辈子的积蓄啊。

可是，这样的自我安慰显然没有用。老伴越想越不安，感觉气血突然冲上脑门，整个人从凳子上摔了下来。

老伴进了医院。陈腊月向小伙子要钱，小伙子说，赚到钱了马上还。第二天，小伙子干脆玩失踪了。好在女儿马上赶回来了，老伴的伤也不严重。没几天，就出院了。

那段时间，陈腊月天天在家，负责一日三餐，还有洗衣服拖地浇花。

陈腊月的眼袋又长出来了。

那天吃饭时，老伴突然很郑重地说："腊月，你怎么不去跳舞了？"

"不去了。"有些答非所问。

"有些事情你也不要太往心里去了。我看，你还是功大于过啊，你看你都把我养胖了。"老伴拍拍自己的肚皮，肚皮很配合地发出啪啪啪的声音。

陈腊月看了看，沉默着。

"我要你陪我跳舞，帮我减肥。到时可不要嫌我笨啊。"老伴说。

生活拐了一个弯，还是老头子贴心贴肺啊。想到这儿，陈腊月孩子一样地跳跃起来。

萤火虫

月儿羞答答地躲在柳梢后。何花收拾着麦秸，把它们扎成一小束一小束的。

小溪在一边跑来跑去，追着什么。那是萤火虫。它们一闪一闪地飞着，泛着黄色的微光，把麦田飞得热闹起来。

“妈妈，你爱武叔吗？”小溪的声音清脆脆的。

何花一惊，收拾麦秸的手不自觉地停了动作。小溪是遗腹子。7个月的时候，小溪爸出了车祸当场死亡。何花伤心过度，早早生下了儿子。5年来，何花风里来雨里去，为了小溪，什么苦都愿意受。小溪问起爸爸的时候，何花总告诉他，爸爸是最爱我们的人。只是老天嫉妒，把他带到天上去了。

“傻孩子，妈妈最爱的是你。”何花的声音，在朦胧的月色里流淌。

“妈妈，武叔喜欢你。”小溪轻轻地说。

何花面前，闪出了武东的模样。他俯着身，帮何花割麦子，刷刷刷，只听到镰刀的声音；他帮何花疏通下水道，一蹲就是半天；他帮何花犁田翻土，像一头老黄牛。没想到这些被这小鬼看在了眼里。何花想起儿子3岁的时候，邻居开玩笑叫他找个新爸爸，他半年都没理邻居。何花心里慌慌的，说：“臭小子，你放心，武叔只是帮助我们。”

说话间，小溪看见一只萤火虫停在了麦秸上，它慢慢地靠近，信手一抄，逮住了。一闪一闪的亮光从小溪的指缝里照射出来。小溪歪着眼看来看去，大声地叫了起来：“妈妈，我终于逮住了蓝色的萤火虫！”

何花想起，她曾经告诉小溪，如果找到了蓝色的萤火虫，就能许下心愿。

只见小溪用右手圈着萤火虫，轻轻地对着手心说：“萤火虫，让武叔做我的爸爸吧。”

第 103 个好人

老屋就要拆迁了。

老王蹲下身子，倒出橱肚里的东西一一整理。

这个大橱，是父亲的父亲传下来的。听说质地是花梨木，橱门上还雕着漂亮的图案。小时候，它是父亲的宝库，喜欢的书啊铜烟嘴啊都搁在这里。时过境迁，这玩意也老了。毕竟，如果父亲还在，已经 114 岁了。

没一会儿，86 岁的老王腿酸了眼花了。突然，老王像打了鸡血一样振奋起来。这不是父亲的账本吗？那账本，纸质泛黄，毛笔小楷清清楚楚，像一个个哨兵排着队。

67 年前，父亲在榨油作坊遇害。母亲当下心脏病发作去世。19 岁的小王走到今天成了老王，少不了东家帮西家衬。老王想不到父亲欠了 102 户人家茶油。半个多世纪了，居然没有一户上门来催讨。

老王决定还账。债主虽已不在，但债主的后人在。

老王挨家挨户地去找债主的后人，把自己存着养老的钱全填上还不够。老王就卖了传家宝——大橱。

两个月后，还有一户叫陈福来的没找到。他的后人搬家去了外省。大家都劝老王算了。老王硬是带着茶油跑到外省。当老王回家乡的时候，像得了大病一样无力，但他的眉眼是欢喜的。102 个好人哪，老王终于对他们都有了交代。

好人，真是大好人哪。看着老王伛偻的背，乡亲们的泪花，闪烁在那片朴实的土地上。

稻草人

村东头的玉米地里来了一个稻草人，长得好生古怪。那稻草人戴着一个破帽子，穿着一件破蓑衣，下半身是一根黑色木棒。

老麻雀刚说完，大家呼啦啦地全飞过去探究竟。此时，微风轻拂，玉米叶发出唰唰声，稻草人看起来非常孤单。

麻雀们向稻草人飞去，对他说，你孤单吗？我们有一群好姐妹好兄弟，都可以做你的朋友。

稻草人不说话。

两天后，他的手上多了一个红色的塑料袋，风一吹，就发出破布一样的声响，好像在说，走，快走！

麻雀们就是不走。稻草人雷打不动地站岗，忍受风吹雨打，他一定是苦闷的。麻雀们停在他肩膀上讲起了新闻。

老麻雀见多识广，说村中央的广场添了不少健身器具，每天早上热闹得像他们麻雀在开会；说村西头王五被老婆骂成是稻草人，有腰杆没脊梁，只会虚张声势；说山脚下的李四家的石榴红红地咧开了嘴……

说话间，小麻雀搔搔稻草人的胳肢窝，稻草人沙沙地笑了。

老麻雀趁机对稻草人说，离开这里，我们一起过自由的生活。

稻草人正色道，我有穿的有住的，还有稳定的工作，干吗还去追求什么自由！

老　慢

老慢什么都慢。一桌子的人一起吃饭，人家都吃完开始剔牙聊天了，他还在慢慢地吃，好像不细嚼慢咽就对不住那副好牙齿似的。

有一回，老婆要煮饺子，厨房活计多，就叫老慢割把葱过来。结果饺子下锅后冲了三次凉水，老慢的葱还没送到。老婆在厨房嚷嚷："老慢，你是临时在找花盆撒葱籽吗？"

其实，从厨房到家门口的花盆，不过十几步的距离。

老慢的名声慢慢传开了。无论大人还是小孩，都叫他老慢。他的原名退隐在江湖里，好像没人记得了。

夏日的一天，老慢和老婆在看本市的电视台，突然看到一个着火的新闻。只见公交车猛然起火，烟雾越来越浓。有个男人恰好拿着哑铃走在路上，只见他闪电般跑了过去，手中的哑铃挥得呼呼生风。转眼间，玻璃窗敲出一个个大洞，他以武林高手般敏捷的身手一连救出了 8 个人。"这男人，真了不起，动作老快老快的。"老婆一连声地赞叹。

"这次的公交车意外起火事件，没有造成人员伤亡。最关键的是市民王土生在第一时间里砸破了玻璃窗……"听着记者带磁性的嗓音，老婆突然觉得哪里不对劲。

王土生，那不是老慢的名字吗？难怪刚才在电视画面里，看那个用哑铃砸窗户的男人，背影挺亲切的。

"老慢!老慢!你快过来!"老婆的喉咙像突然装上了扩音器，"我要好好奖励你……"

坐车的老人

暑假，从小城到某村庄的公交路线开通了。

来坐车的多半是老人。70 周岁以上的还免票。即使这样，坐车的人也不多，到终点站某村庄的更是寥寥无几。

慢慢地，我发现，有一个老人天天来坐车。我的车，经常在某一路段成为他的专车。他是免车票的那款，皱纹老深，好像能藏几把菜刀。他从村庄上车，坐到小城后，并不下车，又直接坐回那个村庄。林子大了，什么鸟都有。有的老人，从小吃苦，养成了爱贪小便宜的性格。不坐白不坐，坐了就是赚大了。对这样的老人，我的内心是不屑的。只是出于职业道德，不显山不露水而已。有几次，我还发现老人在公交站点，趁着他人上下车的间隙，下去顺便捡上一两个塑料瓶。

一次在去某村庄的某个站点，上来一个老妇，一上车就对老人大声嚷嚷：“XX，你晕车啦！”过了几秒，只听老人道：“已经有进步了。我每次都自己带塑料袋。现在基本不吐了。”

开车的，就怕有人呕吐。如果吐到车上，那真是一件很麻烦很头疼的事情。这以后，我就特别留意起老人说的塑料袋来。果然，蓝色的塑料袋卷起，捏在他的掌心。

慢慢的，老人的塑料袋不见了。

再后来，我发现老人拉着一个小孩的手上了车。手上又出现了蓝色塑料袋。此时的公交上，连我在内就三个人。好奇的我不由得问道：“老人家，您既然晕车，干吗来来回回地坐呀？”

“我孙子想去城里玩，可他和我都晕车。我就琢磨着把自己练好了，就可以好好照顾他。”老人的声音，像旁边田地里的玉米棒，闪着朴实的光泽。

校园里的银杏果

校园里，有三棵银杏树。青青的银杏叶有些转黄了。一颗颗泛黄的银杏果挂在树上，煞是好看。

八一小学的校长正在欣赏银杏果，忽然发现有个小男孩拿着一块木片在扔银杏果。一下又一下，都没有扔中目标，倒是美丽的银杏叶子纷纷掉下来。小男孩不管不顾，扔得很执著。

校长皱起了眉头。这是哪班的孩子，这么不爱护树木！

“你在干什么！”校长不是想知道答案。他语调上昂表情严肃，显然是生气了。

“我，我想打银杏果。”小男孩说。

“你想尝银杏果？你这样乱打，会把树打坏的，知道吗？”校长说。

“我想打下来给爷爷吃。爷爷有高血压。”小男孩低声说着，突然跑开了。

过了几天，校长在校园 QQ 群里发出了寻人启事，寻找在校园里扔银杏果的男孩。

小男孩吓得小心脏扑通扑通。老师一直教育他们，要爱护果树，不要随便摘果子。他知道自己闯祸了。他不敢声张。

没想到，他的同学把他的事情告诉了老师。

那天，他被老师叫到了教室外的走廊上，校长已经在等他了。他等待着迎来一场风暴。

校长摸摸他的脑袋说：“银杏果一天最多吃七颗。把壳剥了，放冰箱，可以吃得久。”

说着，校长递给他一只袋子，里面装了好多银杏果。

看着他惊愕的表情，校长继续说：“你是个孝顺的孩子。银杏果时间到了会掉下来。明年，你和我一起捡，好吗？”

小男孩狠狠地点头，小嘴巴笑得歪歪的。

绝　活

他有一手绝活。再难治的学生到他手里都是乖乖的。

可不，小武又犯事了。趁着老师板书的时候，小武在前桌的校服上画了一只乌龟！这实在不像话！他走到小武身边，将右手指头弯曲，迅速地朝小武的后脑勺敲了一下。他不用开口说话，小武就缴枪投降了，连说：“老师，我错了，我错了！”

他微微地笑了。

这手绝活，他美其名曰糖炒栗子。别看只是这么一下，却足以敲山震虎。在班上，他只要一说“想吃糖炒栗子吗”，学生就会收起乖张的行为。

没想到有一天，他接到一个电话，语气很不客气：“李老师，你给我儿子吃糖炒栗子了？你这是体罚知道吗？你小心点！”

他呆住了，脑子里像跑进了蜜蜂，闹个不休。

怎么会这样？我这不是在教育你们的孩子吗？想当年，我就是在父亲的糖炒栗子下改变了不良的习气，成了小村的第一个大学生。怎么到某些家长那里，我就成罪人了？

想着想着，他长长地叹息了一声。

从此，他不再用绝活了。

奇怪的是，学生和他反倒亲近了，也更爱学习了。年底，他居然被评为最美教师。

父亲得知消息特别高兴，还破例邀他一起喝酒。酒后，父亲话匣子开了："儿啊，我看到电视里播放了一则新闻，某老师体罚学生惹出官司，那以后我一直没睡好觉。"

"是啊，现在看来我还应该感谢那个凶巴巴的家长呢。"他的脸红红的，那是酒的颜色，也是庆幸的颜色。

"那个电话，就是我请人打的。"父亲缓缓地说。

野草莓

记事起，她就没见过父亲。

“爸爸去哪儿了？”小时候，她曾问母亲。

“爸爸很爱你，孩子。可惜他去山上摘金樱子卖钱，摔下来，走了。”母亲忧伤的声音让她不忍再问。四千多个日日夜夜，母亲给她的爱从来不少，甚至比别人更多。

每到七月，母亲就会早早地去山上摘野草莓，只因为她曾说那东西特别好吃。崖上的野草莓往往特别大，特别甜，瘦小的母亲总能想办法摘下它们。野草莓长着倒刺，常常把母亲的手划伤。她吃着一个个圆滚滚红润润的野草莓，觉得生活也像成熟的野草莓一样甜蜜。

如果能一直这样，该多好。然而，生活没有如果。那天，她和往常一样和小伙伴们玩跳房子的游戏，突然有两三人冲着她直叫：“六指！六指！没人要的六指！”这声音像一把把利剑把她生生刺出血来。

回家时，她一见母亲就大声嚷嚷：“爸爸不是摔死的，他是不要我，嫌弃我！”

说着，她不管不顾地往外冲去。

等她快到家的时候，天已擦黑。邻居婶婶告诉她：“你妈刚才晕倒了。可怜你妈，好人哪。你出生才三天，就被亲生爸妈抛弃在路灯下。是你妈救了你啊。”

她红着眼圈垂着头来到母亲的床前。她想起母亲瘦弱的双肩扛起家庭的重担，想起那一个个红红的野草莓，想起母亲单身日子的苦辛，泪水不知不觉糊花了眼。

迷蒙的泪光里，母亲成了一株野草莓，带着刺，迎着风，倔强地立在崖上。突然，她向母亲伸出手去："妈，明天，我也摘野草莓给您吃。"

"好。好孩子。"母亲将她六指紧紧握住，就像握住幸福的流年。

娘爱上了十字绣

几年前，娘爱上了十字绣。

十字绣有飞绣、扣眼绣、断绣、链绣、羽毛绣等等，年轻人学起来也未必轻松。

“娘，您就歇歇吧。整天盯着一个个小格子，多累。”儿子李斌说。

“斌儿，娘这是为防老年痴呆呢。你看咱们村李小河的奶奶，连亲人都不认识了。”

后来，有了十几幅小绣品做底子，娘又绣起了 22 米的《清明上河图》。亭台楼阁、小桥流水、街道车马、各色行人，要多复杂就有多复杂。

一年，一年，又一年，娘干完了家务活就拿起绣针。她常常一绣就到深夜。三年又两个月十一天后，这幅巨作终于完成了。这幅作品，光颜色就用了 49 种，下了 243.9 万针。繁重的劳动让娘那双见风就会流泪的眼睛越发不好使了，连老花镜，她都换了 3 副。

这几年，李斌的公司陷入了困境，他的心情一直不大好。看到母亲固执地玩起大绣品，还把眼睛给摧残了，心情更是恼火。

一天，有个客商找上门来，说要看看《清明上河图》。李斌心想：“这东西，是 78 岁的娘防痴呆玩玩的东西，看就看吧。”

“这幅绣品不错，我出价 10 万买下，你看成不？”客商眼里闪烁着欣喜的光芒。

李斌一下子愣住了。

“15 万，少一分不卖！”娘蹒跚着走了过来，口气俨然是一个老道的商人。

客商犹豫了一下，咬咬牙说：“成交。”

客商留下钱，拿着绣品走了。

“几年前，娘听说有人绣《清明上河图》卖了几十万，娘就想着绣一幅给你应急，想不到这东西还真能卖钱，这些钱你拿去渡难关。”

娘喜滋滋地对李斌说，却发现李斌已经泪流满面。

一面之缘

“老板，青菜拉面。少放面，多放青菜。”说话间，念念缓缓坐下。桌上放着一碗红红的辣椒籽，念念一直盯着看，好像那辣椒籽会发芽似的。

这家“一面之缘”面馆，是最近才开的。很小的店面。老板伙计是同一个人，一看就是个外来打工者。不知道为什么，念念走了进去。

面上来了。念念挑了一点红辣椒籽，先慢慢地吃了一口，后来就呼啦呼啦地埋头吃，直吃得眼中雾气弥漫。

第二天，念念又去了面馆。

“老板，青菜拉面……”念念还没说完，有人就接着说：“少放面，多放青菜。”

面上来了。念念挑了一点红辣椒籽，呼啦呼啦地埋头吃，直吃得眼中雾气氤氲。

第三天，念念又去了面馆。

“青菜拉面。少放面，多放青菜。”念念还没开口，就有声音响起。

念念抬起头。老板正在甩拉面，手臂很灵活地甩动着，长而韧的面条在空中飞舞出美丽的身姿。

面上来了。念念挑了一点红辣椒籽，正准备埋头吃，老板来到了面前。

“姑娘，谢谢你喜欢吃我的拉面。”老板说。现在的面馆有点空，也许是时间还早吧。

“其实，说谢谢的人应该是我。”念念搁下筷子说，“吃您做的面，我吃到了家乡的味道，妈妈的味道。连红辣椒籽的味道都一模一样。我记得，我妈妈就是开面馆的，名字也叫一面之缘。”

“一面之缘？你是浙江人吗？”老板张大了嘴巴。

“是啊，那里的拉面很有名，我妈妈做的最是好吃。”念念说着，眼睛里就有了湿湿的内容。

很多年前，念念被人贩子拐到了异乡。可妈妈的味道日日夜夜包围着她。

念念怎么也想不到，眼前的老板居然是她妈妈的徒弟。

原来，念念妈妈为了找到女儿，带出了好多徒弟。她唯一的要求是把面馆开到异乡，味道要正宗的家乡味，名字要取“一面之缘”。

两家店

街上有两家卖衬衫的店。卖的是同一牌子的衬衫。

顾客小甲来到东边年轻人的店。“可以便宜点吗？”小甲问。

“不行哈。”年轻人指了指墙上的牌子：绝对正品，谢绝还价。

小甲来到西边，也看到了一块牌子：绝对正品，谢绝还价。小甲选好衬衣，很干脆地把钱付给了一位上了年纪的男人。

这位老人有些口讷。顾客们很少听他介绍衣服，夸奖衣服。可是，他的生意就是好。他走来走去地拿衣服，脸上带着憨憨的笑容。

打烊回家。老人对年轻人说：“今天又卖出八十多件。我都没空坐下来。”年轻人很高兴地说：“还是您行啊。我才卖出九件呢。”

转身，年轻人悄悄对媳妇说：“还是你的方法管用。老爸再不用一个人老是呆坐在家里了。说不定老爸的高血脂，也会有好转。现在的他，老有所为，心情大好呢。”

老人不知道，为了他，媳妇和儿子卖了汽车，多租了一家店面。同款的衣服，儿子店里的和他的相差 50 元。

爱，需要用心，更需要一点儿小小的智慧。

左利手

“来，女儿，看着妈妈，一口一口，慢慢来。”妈妈拿着筷子，冲着7岁的女儿露出甜甜的微笑。

女儿看着妈妈笨拙的样子，舒展了原本皱得很深的眉头。女儿的饭掉到了桌子上，开始是几颗，慢慢地有了好多颗。妈妈却说：“我女儿真棒！”

“来，女儿，看着妈妈，把牙膏放平，再用手往上推，然后拿牙刷去接牙膏。”妈妈拿着牙刷，缓缓地示范着，一不留神，挤出的牙膏滑到了玻璃台面上。“我女儿比我强多了。”妈妈笑道。

“来，女儿，妈妈和你比比谁的字写得端正。”妈妈的笔在纸上像蛇一样蜿蜒，写出的字要多难看，就有多难看。但妈妈依然很认真地写着。她要给女儿一个示范。在妈妈的示范下，女儿也静下心来，慢慢地写起来。

有一次，妈妈去省里参加通讯员培训。大家发现，她竟然不用右手。你看她，吃饭用左手，写字用左手，系鞋带取餐巾纸摁照片，全部用左手。有人不解地问：“丽颖，你怎么成左利手了？你是想开发右脑吗？”她笑着点了点头。

可是，没人看见，她转过身去，用左手抹去了眼角滑出的泪滴。

几个月前，她的女儿在乘坐电梯时出事，右手最终没有保住。

她，只是表达着一个母亲的心。

小妻子

小妻子不会吃饭。

阿细一口一口喂她。后来，阿细教她怎样用筷子自己吃饭。阿细的右手把着小妻子的右手。小妻子抖动着筷子，吃得桌上地上全是菜和饭。

小妻子不会上厕所。

阿细老是忙在那股怪怪的气味里。不过，细心的阿细渐渐发现，只要想上厕所，小妻子的眉头就会皱两下。掌握了小妻子的“暗号”，阿细觉得很开心。

小妻子不会走路。

阿细自己做了一个学步车，让小妻子一步一步慢慢地走。阿细在旁边监督着。阳光照在蹒跚学步的小妻子身上，阿细觉得小妻子好可爱。

“阿细，你这样过日子也太苦了。不如离开她吧。”有好心人劝阿细。“不苦，不苦。我的小妻子一定会慢慢长大的。我必须陪着她。”阿细很认真地说。

6 年后，小妻子真的长大了，长到了 7 岁。小妻子的生活能基本自理了。阿细和小妻子领养了一个两岁的孩子。

从此，阿细带了两个孩子，一个妻子，一个女儿。阿细觉得生活待他不薄，日子一定会越来越好。

6 年前，阿细生日那天，妻子开着摩托车来接阿细下班，被一辆汽车撞倒。当时，妻子的脑袋重重地砸在地上，可她的双手却紧紧护着阿细的脑袋。

走错门

奶奶老是走错门。

这天，小慧正一边听音乐，一边写作业，奶奶走了进来。小慧的耳朵里塞了东西，根本没注意到奶奶进来了。奶奶突然拍了拍小慧的肩膀，说："你在听歌呀？做作业还听歌？"

小慧吓了一跳，生气地说："奶奶，我在做作业呢。你进来干吗？"奶奶不好意思地说："我走错门了。"说罢，奶奶顺手帮小慧整理了一下书桌，削了一支铅笔，出去了。

第二天，奶奶又走错门了，而且走到别人家去了。

当时，奶奶出去溜达回来，一走就走到邻居家去了。邻居正在做手工活，穿珠子的手工活。奶奶走进去后，不好意思地说："我走错门了。"

邻居说："没事没事，坐一下吧。"奶奶就坐了下来，顺便帮着穿珠子，然后说些家长里短。

后来，奶奶走错门的次数越来越多。小慧有些担心。她听说，人老了，脑子会坏掉。她担心奶奶是不是得了什么病。眼看着要过年了，小慧哭着给爸爸妈妈打电话："爸爸，你们什么时候回家呀？奶奶病了，老是走错门。"

过了几天，小慧的爸爸妈妈终于回家了。奶奶高兴得一张老脸开成了菊花。

此后的日子，她再也没有走错过门。

小慧很奇怪，说出了自己的想法。奶奶说："两年了，你爸你妈都不回来。你整天忙学习，我连说话的人都没有，我不走错门，这日子可要长出白毛了。"

白芷花

儿子赶回家时，母亲躺在床上，眉头拧出了两座小山。

“大夫说，我这病需要野生的白芷花根煎了吃。”母亲说。

“白芷花可以买，可以叫村里人帮忙采啊娘。”“儿啊，很多事情是不能代替的呀。娘只盼着你来采。”母亲干哑的声音让儿子低下了头。他已经十五个月又十九天没回家了。他这做儿子的，难道不该为一辈子操劳的母亲去爬爬山找找救命草吗？

沿着家门口的泥土小路，往西北方向走上两公里，就是层层叠叠的山。走着走着，儿子就闻到了山的味道，好像回到了童年的时光。那时，他跟着母亲来山里耍。母亲砍灌木收集松针，他则忙着采野果。圆圆的柿子，红红的覆盆子，长满刺的栗子，山上的宝贝真多。可是，他有多久没来这里了？儿子已经记不清了。

走进深山，走进天然的氧气吧，只觉得神清气爽。儿子哼哧哼哧地翻山，一路寻找着白色的花朵，辨认着它们是不是白芷花。半天时间，儿子就像泡了澡似的全身湿漉漉的，却只能找到一两株白芷花。这么多年，儿子还没这么动过筋骨，他的啤酒肚，更是让他举步艰难。

一天，两天，三天，儿子整整爬了九天的山。儿子把白芷花的根清洗了晒晒，给母亲煎了吃。

母亲接过，一口喝下，脸上漾起了笑容，像家门口池塘泛起的涟漪。“儿啊，其实娘没病，这白芷花呀，养生养心。”

“娘，您……我可是很忙的。”儿子不高兴了。

“我不这样，你会回家吗？你的身体会变好吗？”母亲说。

儿子摆了摆腰，发现自己得脂肪肝的身体已然变结实了，那个啤酒肚，也变小啦。

第三篇章 倚风长啸

我给你一颗糖，你很高兴；当你看到我给别人两颗糖，你就很有想法了。但你不知道，他曾给我两颗糖，而你什么也没给过我。

父亲的手机

这玩意，还真不知怎么使。父亲幸福地喃喃。

78 岁那年，父亲有了手机。父亲伸出双手接过儿子买的手机，像一场隆重的仪式。

但接过手机的父亲有些无措。

爸，没关系，我已经帮您设置好了。您按一下 1 号键，就拨到我这里了。按 3 号键，那就是您女儿。很方便的。有事，您就给我们打电话。说着，儿子按了下 1，儿子的手机就响了起来。

儿子摁掉了他的手机，给父亲回拨了一个。父亲的手机突然唱起了歌：我在仰望月亮之上，有多少梦想在自由地飞翔。父亲吓了一跳。儿子说，这是现在很流行的歌，我设置好了。您耳朵背，这么响的声音，不怕您听不见。父亲想摁接听键，一慌张，摁下了拒绝接听。

父亲随身揣着手机，走起路来就想挺起腰杆，不过，没坚持几分钟，就架不住了。父亲干惯了农活，如今闲下来，腰杆自然也不习惯。

几天过去了，父亲的手机没响过一次。于是，父亲摁下了 1，儿子的声音传了过来。

父亲大着嗓子说，儿子，吃过了吗？

儿子笑道，爸，都几点了？早吃了。

你说什么？大点声。

儿子大起嗓子重复了一遍。

那好。我挂了？父亲迟疑着说。

父亲又给女儿打电话。不通。父亲又给儿子打。儿子大声问，爸，有事吗？

打不出去。我摁了 2，没反应。

爸，你女儿不是 2，2 是骂人的。您记住。摁 3。您女儿是医生，很忙。没什么事，少打。儿子说得很大声。儿子感觉他人的目光又向自己扫射过来。

过了几天，父亲又忍不住给儿子打电话。

父亲大着嗓子说，儿子，吃过了吗？

儿子有些没好声气地说，吃了。爸，您怎么老关心吃呀。您儿子很忙。挂了啊。

父亲突然内疚起来。是啊，儿子女儿都那么忙，自己却闲得紧。年轻的时候，又干农活又下砖窑，从来没时间发慌。父亲想起小时候，调皮的儿子老缠着自己讲《牛郎织女》，不由得笑了起来。记忆里的温暖，闪闪烁烁。

江南的四月，春暖花开。有个老友请父亲吃饭。父亲摸了摸口袋里的手机去了某宾馆。一桌子人，很热闹。父亲一坐下，就掏出手机，崭崭新，大屏幕。儿子给我买了手机。联系起来真是方便。父亲的嗓门好大。

好像没人听见。

时间一分钟一分钟地走过去，已经有两个人接听过手机了。父亲的手机安静地躺在洁白的餐布上，仿佛它的使命就是睡觉。父亲的心有点揪。他突然想起这家宾馆的洗手间附近有架电话机。父亲起身出去，找到了它。他想，我可以用这电话给我的手机打。父亲抬起手去按键，却不知道按什么。

父亲不知道自己的手机号码。

父亲只好回去。再次入座前，父亲笑着说，这里的洗手间真干净。

六月的某天，父亲收到一张广告单，写得像邀请函。这东西，是骗人的吧？不过，既然去了就能分到三个鸡蛋，去去也无妨。

会场很大，还开着空调。年轻的工作人员热情地邀请父亲入座。他们一口一个爸爸地喊着，给父亲按摩、敲背，和父亲聊天。父亲看到别的老人脸上都洋溢着幸福的笑容，仿佛看到了自己的笑容。

活动进行了一周。这一周，父亲不仅享受了按摩聊天的福利，还领回了 21 个鸡蛋和几盒保健品。自从母亲去世，父亲好像还没有这么开心过。

一日，父亲正在厨房炒鸡蛋，口袋突然唱起了歌：我在仰望月亮之上……父亲赶紧接起电话。一个甜美的女声。“爸爸，上次的 XXX 牌保健品，您吃了觉得效果怎样？我们有售后跟踪服务的。如果觉得好，我们还可以提供邮寄服务……”

父亲很激动，不知什么时候已经走到了院子里。两人一直聊啊聊。等邻居喊“老郭，厨房起火了”时，父亲才想起他的鸡蛋。

次日，父亲的手机响起来了。是当医生的女儿。

爸，那种保健品是骗人的。您不要相信。两万元钱是小事情，可吃坏了身体怎么办？要不是有人告诉我，您要瞒到什么时候？您不要犯二了，行不行？

你才 2 呢。父亲骂道。此时的手机，像一袭华美的毯子，上面罩着说不出的烦恼。

刚刚挂掉，父亲的手机又响起来了。是儿子。爸，您被骗了。我们报警吧。

绝对不行。我没被骗。就是被骗了我也愿意。父亲几乎在吼叫。同时，父亲摁掉了他的手机。疼痛的感觉，一点点铺开来。

一只鞋

水生打开门，发现门口有一只鞋。土褐色的布面上，一个小洞赫然在目。

破鞋？谁给我家扔了破鞋？

在农村，骂女人不检点就说谁是破鞋一只。大清早的，谁往自家泼脏水呢？

人活脸面树活皮，水生心里那个堵呀。他抬头看了一眼门上方“模范家庭”的牌匾，那抹金色仿佛正在嘲笑他。他捡起破鞋随手扔到门后，憋着一股气转身回房。

春梅正在埋头做荞麦窝窝头，她的侧影很有弧度，该凸的凸，该凹的凹，流畅的曲线像家对面起伏的远山。以前，水生觉得春梅就是一株麦苗，有着鲜嫩素朴的美，现在却怎么看怎么不是滋味。

水生想直接向春梅开火，却不知道该找什么由头。春梅是好看，可她一直像门后的扫帚，专拣累活儿脏活儿做。家里的活儿，田里的活儿，什么也没少干。春梅走过田垄，走过村庄，总有男人的目光追着她。可是，她每次都把那些目光像甩泥巴一样甩得远远的。

没想到，真相往往躲在假象的怀抱里。人家都把破鞋扔家门口了，我还一直蒙在鼓里。春梅为什么要背叛我？是因为我长得粗糙吗？是因为我插秧苗没有又快又直吗？还是春梅的杨柳腰太招人？水生越想越堵，心口的气像积雨云一样层层堆积。这时，儿子穿着拖鞋吧啦吧啦地走了过来。水生一看，积雨云突然变成雨点砸了下来。他一把抓过儿子，在他肩头狠狠地拍了一下，骂道："你能不能正经一点儿，啊？这种格子衬衫是男生穿的吗？"

"这是妈妈买的，又不是我要买的！"儿子接受着他的轰炸，也发出了一枚小子弹。

"你翅膀硬实了是不是？妈妈买的又怎么样？我看你俩都不是正经货！"

"你吃枪药了吗？"春梅也从厨房里冲了出来。

"吃了，就吃枪药了。这药还不是你给的！"

说话间，邻居家的小黄狗凑热闹似的，来到了水生的脚边。以往，水生总爱摸摸它，给它一点儿吃的。这次，水生送给它的却是突然的惊吓。他狠狠地跺了一下脚，墙壁上的石灰倏地掉下了一块，小黄狗委屈地叫了一声，耷着小脑袋往门口跑。水生看了一眼门口，骂道："畜生，你也想搞鬼不成！"

"水生，你还是爷们吗！你别指桑骂槐的行不行？你给我说清楚，谁在搞鬼？"

"谁心里有鬼谁自己知道！"水生的眼睛像有火在燃烧。

"你，你就是鬼！"春梅气得胸脯一起一伏，声音里明显有了潮气，湿湿的，像清晨的露珠。慢慢地，泪珠浩浩荡荡地奔了一脸。

不知过了多久，战争的硝烟才渐渐散去。倦了的空气，一波一波地反刍着，却找不到明晰的答案。家，静悄悄的。只听见厨房里蒸锅在发出突突突的声响。窝窝头的香气在房间里游走。可是，谁都像没有闻到似的。

突然，响起了敲门声。

咚咚咚。咚咚咚。没人走过去开门。

"春梅！春梅！"春梅好像没听见似的，呆愣着一动不动。水生愣了几秒，站了起来。

门口站着邻居，还有她的小黄狗。门一开，小黄狗就闯了进来。邻居的手里，端着一个蓝白色的瓷碗，碗里装了饺子。"我包得不好，没你家春梅心灵手巧，做什么活都顶呱呱。"

水生感觉脸发胀了，他附和了一声，挤出一个笑容，说：“你呀太客气了太客气了。”

忽然，邻居叫了起来：“我的鞋子怎么在这里？我把它整理出来，想拿去补补，没几分钟的工夫，就不见了。”水生一看，小黄狗正叼着门后的破鞋摇头晃脑呢。

“这只死狗，就喜欢乱叼东西。这鞋子很上脚的，是我家那位买给我的第一双鞋。我舍不得丢呢。”邻居说着，脸上挂着小雏菊一样鲜亮的神采。

“你等等。我家春梅做了荞麦窝窝头，可香了。你带两个去尝尝。”水生说着闪进了厨房。

他，是真的高兴。那张绷得紧紧的脸，突然就放下了。

邻居右手端着春梅做的窝窝头，左手勾着那只破鞋，走了。小黄狗摇着尾巴跟在后面。

“春梅，你做的窝窝头真好吃！”水生嚷嚷着，笑呵呵地招呼儿子和春梅吃早饭。

“怎么，不吃枪药了？”春梅的语气也缓了。

“枪药不好吃。窝窝头好吃。”水生说着，狠狠地咬了一口窝窝头。她看着眼前的春梅，心里在说，好看，真的好看，像麦苗一样，鲜嫩素朴。

破　镜

走吧。潘伯左手拿着一面镜子，右手拖着一只行李袋，出了家门。镜子后面，是儿子小时的照片。

儿子潘小京谈了一个前额染着一绺白头发的女朋友。前几天，女友来到潘小京的家，只一看，眉头就拧成了榨菜疙瘩。

当日，潘小京就对潘伯说：“阿梅说了，房子这么小，哪里住得下三个人！还有，你的背像虾米一样，多难看，如果你不搬家，她就不愿意。”这话一次次地被潘伯在午夜时分拿过来细细咀嚼。

走吧。只要儿子好。潘伯一路念叨着，来到了乡下，租了一间老房子，住下了。“孩子还不懂事。总有一天，他会请我回去。”潘伯想到这儿，就努力把背往上伸一伸，心里似乎有了一丝光亮。

这边，潘小京和女友走到了一起，没有老人的羁绊，日子真是自在。潘小京在某小学校门西边的一个角落摆了一个摊，孩子们来来回回的，总爱在他的摊前停下来，东看看，西翻翻，最后买上一两本满意而去。有的孩子为了买到书，甚至省下了早餐钱。

一天，有位拉着孩子的老人在潘小京摊前停下了脚步，她随手拿起一本漫画，翻了翻，很认真地说：“这书对孩子不好，涉黄涉暴力，你怎么会卖这种书？”

“阿姨，是我不对。我也没好好看。下次我选健康的。一定一定。”潘小京一边赔着笑脸，一边把书拿过来放到了最边上。

后来，潘小京卖的小人书不再放在显要位置。有时，孩子来了，他才很快地拿出来。他和孩子，好像有了某种默契。

某次期中考后，有个男孩子来到他摊前，请他当爸爸给自己的试卷签名留言。潘小京吃了一惊。“叔叔，您就帮帮忙吧。我成绩不好，爸爸知道的话，肯定会打我的。我给您钱。”说着，男孩递给他五元钱。潘小京笑道：“行，给我钱，我就给你当爸爸，哪怕当儿子也行，哈哈！”

慢慢的，越来越多的孩子来找潘小京签名，潘小京不再奇怪。要怪只能怪教育。我这是帮忙而已。潘小京想。

再后来，潘小京进了教室，当起了家长。老师在台上讲着班级怎样，这孩子那孩子怎样，潘小京把鸭舌帽压得低低的，在想着今天要赶几个场子，能赚到多少钱。赚了钱，就可以去 k 歌去泡脚去吃大餐……

日子水一样哗啦啦地淌。潘小京当着别人的爸爸，却完全忘了自己的爸爸。

那天，潘伯突然出现了。

这是潘伯吗？又瘦又黑，原本伛偻的背简直要和地面平行了。他的眼睛深深地陷下去，眼珠子上像覆了一层灰白色的膜。“小京。”潘伯的声音低得像从地底挤上来。

“不是说好的吗？你怎么回来了！那不行，等下阿梅回来了，肯定不高兴。你快走吧。我还要准备准备，晚上去给人家开家长会呢。”

就这样，潘伯没有走进他自己的家坐一会儿，没有喝上一口水，没有和儿子说上一句，就被赶回了乡下。

其时，潘伯感觉到自己的身体快不行了。他希望在人生的最后一段时间能回家。

潘伯的心，碎了。

几天后，潘小京接到了通知。他眼前的潘伯穿着崭新的寿衣，嘴角挂着辛酸的弧线。潘小京二话不说，就把父亲送到了火葬场。这几天，他一个头三个大，一群家长强烈谴责他，并要求他赔钱。他正为钱的事情焦头烂额。

突然，火葬场职工慌慌张张地跑出来，喊道：“钱，很多钱！”原来，刚才职工无意中看了看炉口，发现火化炉里有很多钞票在火光中翻卷，瞬间被烈火吞噬。

潘小京彻彻底底惊呆了。

潘小京心急火燎地奔到乡下，发现一面镜子孤独地立在床头的一个角落。镜子下面有一张纸条。上面写着：“如果小京整理我的房间，看到镜子，会发现这张纸条；如果小京擦洗我的身子，他会发现我的钱。这些，是我辛辛苦苦捡垃圾种地积攒的，没舍得花。养儿防老，可我，没教育好儿子……”潘小京手上的镜子，啪地掉到了地上。

后来，有人给潘小京取了个名字，叫破镜。

破镜，也叫獍，如貙而虎眼，长大食其父。

乡下老娘

阿聪，你劝劝你娘吧。

收到老家左邻的电话，王聪心里真不是滋味。

不知娘着了什么魔，大冬天的天天打着手电筒赶去听讲座，每次领取三个鸡蛋，买回两盒保健品。

这次，刚好有个工程要在家乡谈，王聪决定回一趟家。

王聪的记忆好像按了暂停键。三年了，家门口的栀子花居然长得高过王聪了。那只叫旺旺的狗好像不认识他了，冲着他不停地叫唤。王聪发现客厅里的保健品像小学生出操，整整齐齐排着队。在左邻的带领下，王聪来到了村里的大礼堂。只见门口用大红纸写着：老年人健康知识讲座，给您健康的福音家的温暖。下面一行字划上了横线：每天前 80 名赠送三个鸡蛋。

他看看就觉得好笑。三个鸡蛋就能让这么多老人大冬天地早早起床？自己在外做工程，每季度寄给娘 6000 元钱，一个乡下的老人，怎么用都绰绰有余的。干吗在乎这么一点儿小利？

他在人群里看见了娘，不由得止住了脚步。只见年轻的工作人员一口一个娘地叫着，给她捶肩，给她端茶。娘脸上的笑容，像盛开的野菊花，有大把阳光的气息在里头。他听见娘在说：“我儿子有的是钱，今天我再买两盒。”工作人员笑着说：“娘，谢谢您，祝您老健康长寿。”

王聪感觉脸像搓了辣椒似的发烫，他赶紧向娘走去。“娘，您着魔了吗？您想吃保健品儿子会买啊。”

娘看见王聪，惊喜得要掉下泪来。“儿啊，你回家啦！”娘拉着王聪走了几步，转身压低了声音，“那玩意，我根本不相信的。可是那些孩子——待我比亲娘还亲啊!”

苦丁茶

“爸爸，有人听了您在支教动员大会上的报告，很受触动，决心去云南支教。”女儿说着给父亲递过一杯苦丁茶。

“是吗？那太好了。年轻人要肯吃苦敢吃苦勇吃苦，就像这杯苦丁茶，苦后能尝到怡人的清香。”父亲喝了一口茶，高兴地用右手在桌上打起了小拍子，说完，还做了一个手掌滑行的动作。每次在大会上做报告，讲到得意处，父亲就会做这动作。

“听说云南那地方很苦？”女儿问。

“艰苦的环境能磨练人。孟子不是说天将降大任于斯人也，必先苦其心志劳其筋骨吗？到云南去传递爱心，照亮孩子的人生路很有意义。”父亲的右手打着优美的节拍。

“不是说穷乡出刁民吗？那里的人会不会给人不安全感？”女儿继续问。

“言重了。云南的百姓很纯朴。贫穷的地方有更真挚的感情。”父亲很肯定地说。

“谢谢爸爸的支持。”女儿开心地过来挨着父亲坐下。父亲却像被针扎了似的跳了起来：“什么？你一个女孩子家怎么去那么苦的地方？”

“艰苦的环境能磨练人。”女儿说。

“穷乡出刁民。万一你出点事，可如何是好？”父亲的手在空中飞舞，再也打不出自得的小拍子。

“贫穷的地方有更真挚的感情。”女儿说。

“不行，我不同意！”父亲的声音高了八度。

“好啦，我的好局长好爸爸，您老人家不是说想做就去做，不要让青春苍白吗？您的女儿已经联系好了彝良县荞山镇，后天就要出发啦。”

父亲无奈地坐下，喝了一大口苦丁茶。

哭泣的骆驼

一声闷响，骆驼砸在了地上。

“死了！骆驼死了！”周围一片嘈杂。

恍恍惚惚中，骆驼看到老婆接过了包头递给她的20万元钱。好厚的一沓钱啊。老婆手抖了三下才接稳。骆天生在一旁说：“弟媳啊，节哀吧。用这命抵来的钱修一修漏雨的房子，把俩孩子培养成人。骆驼地下有知，也会瞑目啊。”

骆驼本名骆拓，5年前跟着堂伯的儿子骆天生来到安徽，在工地上打工。他干活儿从不偷活儿，有几分力就使几分劲。每天，他在脚手架上上上下下，扛这个运那个。慢慢的，背驮了，皮肤也成了古铜色。每天晚上，他的脑袋一碰上枕头，就睡得死死的。

前几天不行了。骆驼觉得破衣服折的枕头特别硬，翻来覆去地怎么也睡不着。老婆打来电话说，房子漏雨，她陪嫁过来的大柜子都发霉了。

房子是石头和泥土垒筑的，好几年了，一直裸露着，造了两层就没钱继续了。骆驼觉得自己实在太窝囊了。

是的，窝囊。老婆骂得对。

这么多年了，自己像骆驼一样负重着，却没有办法改善家人的生活。每次给老婆打电话，老婆都会说：“少说几句，电话费贵。”说着，不由分说，就挂了电话。如果他一个月里拨了两次，老婆就会责怪：“一月一次，报报平安就行。老夫老妻了，还学小年轻吗？”这么多年了，老婆跟了他，就没过过一天像样的日子。这样的男人真的窝囊，这样的生命没什么意义。

骆驼正恍惚着，感觉有人在摇他，喊他。他以为是黑白无常在叫他出发，睁开眼，却看见了骆天生的脸在一堆脸中晃动。

“骆驼醒啦！骆驼醒啦！”骆天生惊恐夹杂喜悦，“万幸啊万幸啊！你的脑袋离石头只相差一公分啊！”

自己还活着！自己居然还活着！骆驼想到这不由得哭了。

三天前，骆驼听见工友们在议论：脚手架磨损厉害，该换了。换换几万元够了，如果出了事，动不动赔偿几十万呢。

这两天，骆驼上脚手架更勤了。他的脚准确地探出哪里最危险。他对应着那个位置，在下面悄悄地挪了一块石头。

可是，他没有死！他居然连死都失败！骆驼的泪爬满了脸。

包工头赔了骆驼 7 万元钱。

骆驼不愿待在医院。他说：“医院就是个烧钱的地。”

骆驼坚持回家。

骆驼有自己的打算。他要把钱都给老婆。虽然和 20 万比少了一大截，可对于他们家来说已经是个大数目。穷人的命是很贱的，既然上一次都死不了，病痛这玩意熬熬就过去了。

然而，骆驼的背越来越驮了。他经常右手揉着腰部，眉头拧得紧紧的，脸上一片菜色。老婆硬是带着他去了医院。

原来是右肾摔破了。

骆驼又说：“医院就是个烧钱的地。我要回家。”

老婆横竖不同意。她粗着被田野的风吹糙的嗓门说：“你要再这样死脑筋，我让儿子回家来劝你！”

骆驼没辙了。

儿子刚上大一，虽然读的是三本学校，但好歹也是以后的大学生。怎么能让他因为自己的这点芝麻事分心！

可是，芝麻事分明是麻烦事。骆驼住了一周又一周，一周又一周。

“以后不要干重活了。身体要靠养的。”骆驼出院的时候，医生反复告诫。

儿子出现在面前的时候，骆驼才知道自己已经把用命换来的钱花光了，把老婆攒的鸡蛋钱花光了，还欠下了外债。

“爹，我退学了。”儿子说。

“不行。你不读书，就没有出头的日子。打工卖力气，去走我的老路吗？绝对不行！”父亲又一次讲起那个老掉牙的故事：爷爷一辈子放羊，父亲一辈子放羊，儿子也一辈子放羊。只要不读书，永远走在上辈人走过的脚窝上。

“我不去工地。爹。现如今，大学生提早进入社会创业的并不少，您放心，儿子会走出一条路来。”19 岁的儿子拍了拍骆驼的肩膀，冲他露出一口白牙。

看着儿子瘦弱的身躯，骆驼的眼睛湿润了。

紫心勋章

父亲老了。老得好像不想多说话。

父亲的眼睛，有时就盯着紫心勋章看。紫心勋章挂在全家福大照片的右侧，这么多年了，还是熠熠发光。

这天，父亲催促俩孩子回家。

父亲躺在竹椅上半闭着眼睛，白发没有了光泽，皱纹像很多年前母亲做的包子，一个个褶皱又大又深。春生和秋生异口同声地问："爸，您老是想和我们商量分家产吗？"

家产？父亲是有一些家产。俩孩子看着父亲老了，经常在人前人后地议论，有时甚至争得面红耳赤。

"爸，您看我对您不错吧，只要您一个电话，我就会赶回来。"春生说。

"爸，我是长子，责任自然更大一些。"秋生说。

父亲睁开眼睛，看向那张全家福。

"我们一家是多么幸福啊。"春生和秋生很配合地说。

父亲点点头，又摇摇头。

这么多年了，父亲一直想找人说说话。

父亲有最令他自豪的紫心勋章。这是当年美国人颁给他的，这是多么了不起的事情！可是，他的两个孩子，从来就没有问过。

这次，父亲下决心要把紫心勋章的故事说与俩儿子听。

父亲的眼神移到了全家福的右侧，他看着紫心勋章说："这枚勋章有个故事。”父亲刚想继续，春生问：“它是镀金的吗？”秋生问：“它值钱吗？”

父亲猛烈地咳嗽起来，居然半天都止不住。

大礼包

“李巧琳！快递！”

送快递的三轮电动车师傅的喉咙，引来了李巧琳和她的邻居。

只见师傅递过一个大包裹，李巧琳一边签字，一边问：“哪里的？”

“四川的。”师傅说。

“哦，那一定是我儿子，他在那边读大学呢。”李巧琳掩饰不住内心的欢喜。

邻居迎上去看，上面写着“衣物”二字，不由得赞叹道：“小谷可真不赖，才一个月就长出息了，都晓得给妈妈买衣服了。”

李巧琳心底的湖水荡漾起来，湖边丛生的春草，在翠绿中站出不败的模样。

“是啊是啊，谁说闺女是娘的贴身棉袄，我家小谷也蛮贴心啊。”李巧琳笑出了湖水的清澈，春草的骄傲。

李巧琳在环卫处上班，每天早出晚归，但她的辛苦是多么值得。儿子小谷成了大学生！成了大学生的儿子给妈妈寄来了衣服！李巧琳觉得，再枯索的日子都是滋润的。

李巧琳和邻居一起动手，谈笑晏晏地拆开了这个大包裹。

忽然，一股怪味像长了飞毛腿一样冲过来，与此同时，一只只袜子掉到了地上。李巧琳定睛一看，崭新的衣服、裤子，都是开学前给儿子买的名牌，如今一件件皱巴巴臭哄哄的。

在真相面前，李巧琳的面子咚的一声掉在了地上。邻居更觉无趣。李巧琳故作轻松地说："谁让世上只有妈妈好呢。"

李巧琳将衣服洗净、叠好，再把它们寄回去。李巧琳工作忙，也没个固定的休息时间。但她从没什么怨言。

就这样，李巧琳的"礼包"每月都会按时抵达。邻居私下给她算了一笔账，不出一年，寄衣物的快递钱，可以买上一架洗衣机了。

可是，李巧琳舍不得买洗衣机，也没想让儿子买洗衣机。她自己就是一架最好的洗衣机，全自动地清洗、叠放，还有邮寄服务。

在又一次地收到礼包后，邻居为李巧琳打抱不平，道："这小谷，也太没心肝了，这样的人，能有出息吗？"

李巧琳一听，弹簧一样跳了起来："有你这么说话的吗？我儿子是学习忙知道吗？他把洗衣服的时间都用在学习上。我愿意洗，我乐意洗！"

初恋男友

“老公，我中奖啦！”阿其一踏进家门，阿醉就开心地喊起来。

“醉彩，别逗了，肯定又是末奖，有什么好开心的。”阿其淡淡地说。

“不要小看末奖。它会带来财运的。再说了，末奖也不容易啊。”阿醉还在说，阿其已经自顾自走进书房，不再搭理她。

阿醉是个彩迷，每期彩票都要买上一二注。什么号码走势图、冷热号码出现概率等等，说得有板有眼。每次开奖前，她都要发布预测中奖号码。一开始，阿其还会听她高谈阔论。可是，五年了，她除了偶尔中个末奖，毫无发财的迹象。如今，阿其改口叫她“醉彩”，无非讽刺阿醉对彩票的迷恋。

可是，阿醉不在乎。

有天早晨，阿其烧好饭叫阿醉吃，阿醉却满面红光地说：“昨晚我梦见了初恋男友，感觉时光在梦里刷刷地倒退了。更神奇的是，有个声音告诉我，我初恋男友的出生年月日就是下期中奖号码。”

阿醉说得很激动，那满脸的桃花色俨然初涉爱河的小女人。她没有注意到，阿其的脸色已经变了。

阿醉一遍遍地重复着那个数字，又去窗台寻找水笔一边念着一边记着。记好了，她右手拿着纸条，抖了三下说：“人家都说，梦是很神奇的。我的初恋男友要给我好运啦。”

突然，她听见了狮子的吼声：“初恋初恋，连做梦都是初恋，你去和他过日子吧。”阿醉一抬头，发现眼前的狮子俨然急红了眼。她赶紧把纸条放到茶几上，嗲声道：“好啦好啦，老公你辛苦了。中奖了那钱还不是咱俩的么。你吃什么醋呢，咱们要的只是一个号码，又不是去见人家。”

“那你就买上十注吧，中奖了，分给我一注就行了。”阿其的脸色好像缓和了下来，酸醋味转成了嘲讽味。

几天后，阿其经过某彩票店，不知道为什么，他居然停下了脚步。以前，他觉得这里是属于醉彩这样的痴迷者的。这次，他看了看一等奖的中奖号码，感觉有些眼熟。那可是500万啊。他不敢确定，就存到手机里，回家和纸条一核对，天哪，500万啊！这个初恋男友真是好样的，明明分手了，还给阿醉送上巨额财富。人哪，运气来了躲都躲不掉！这一大叠钱该怎么花呢？可以买套房子，可以把上海乐驰换成奥迪A6，可以去一趟新马泰，可以……太多的可以，让阿其忍不住一个人在房间里又蹦又笑。

“老公老公！”蓦地，一个声音跑了进来。阿其不由分说就冲过去封住了阿醉的嘴巴。

呀，怎么这么咸啊。阿其一看，怀里的女人满脸泪水。

“宝贝，不要这么激动啊。我们好好商量怎么花钱。我都听你的，都听你的！”阿其叫道，连声音都变了。

“花你个头！我根本没有买！”阿醉狠狠地敲打着阿其，“都怪你啊，怪你怪你！”

“你傻啊，连初恋男友都忘记了吗！”阿其的眼泪也喷了出来。

采　访

我必须去采访那个女人。

女人穿着豹纹的裙子，脸上一副严肃的样子，好像合上牛皮纸封面的卷宗。这样的表情倒和她的裙子很般配。

女人正埋头剥毛豆。一颗一颗，剥出来的毛豆放进左边的瓷盘里，壳一只只扔进右边的绿色塑料袋里。面对我递过去的话筒，女人头也不抬。

我并不理会她的态度，扯了扯嘴角，挂出一个符合记者身份的笑容，问道："听说在这次汉字听写大会全市的选拔赛中，您女儿取得了笔试第一名的好成绩。您为您的女儿高兴吗？"

"这算什么事。我倒觉得是凑巧。她老是写别字的。认那些难一点儿的字，脑子更是跟不上了。我们东阳有家店叫'羴犇鱻'，每次路过，我都和她说，三只羊是山羊，读'山'，三只牛是笨牛，读'笨'，三条鱼是鲜鱼，读'鲜'，多好记呀，她却记成笨羊山牛！你说，这成什么事！"她说着说着，声音提高了，"如果她能在现场比赛中为她的团队夺取全国第一名，像 2013 年东阳的那个女生叫什么来着得了第一名的，我倒真想替她高兴高兴。可是，你说，她能吗？再说了，这又不是考上重点，有什么好夸的！"

"您女儿 10 岁时在地区的亲子读书征文大赛中获得了一等奖，还奖了 10 本书。关于这事，您还记得吗？"我赶紧抛出第二个问题，想降降她过于上昂的语气。

她似乎愣了一下，手上剥好的毛豆丢到了塑料袋里。她发现了，并不拣出，也许是不在乎吧。

“要说这事吧，我觉得要说说她爸。她爸是中文系毕业的，特别爱看书，懂的东西很多。我呀，就是因为这个才嫁给了他。当年，追我的人可多啦！”她神采飞扬，好像即将沸腾的水在咕咚咕咚冒泡。我赶紧挡住她就要喷涌而出的恋爱故事，说：“那是那是。这搁谁都能看出来。我们还是说说这个——书吧。”

“那年暑假，她爸看了 18 本书，她不好意思不看啊，就磕磕绊绊地看了 7 本。看了就写一点儿呗。”她的声音突然低了下来。整个房间静悄悄的，只听见毛豆落在瓷盘里的声音，咚，咚。

“8 岁的时候，您女儿的钢琴已经考出了 10 级。我看，还真是不容易啊。”作为记者，我当然要有驾驭全场的能力。虽然这个场是那么小，那么家常。

“弹钢琴，本身的素质很重要。她手指修长，像我。”说到这儿，她兀自笑了起来，眼角的鱼尾纹也跟着鱼儿一样游动起来。她停下手中的活儿，伸开右手给我看。五指如葱，细细长长，却在生活面前添了粗糙。大拇指和食指因为剥了一段时间的豆有一点点变绿了。

“那架钢琴，还是我网购的，省了不少钱呢。”她突然来了这么一句，继续捡起毛豆剥了起来。我也跟着她笑了起来。

我往她边上挪了挪，把话筒继续递过去，说：“6 岁的时候，您女儿获得了市百花杯儿童组花样游泳季军。您女儿真棒！”

“说起这个，我就有气。她呀，老笨老笨，一个我看来很简单的动作，却总也学不好。我又担心她溺水，每次都该死死地盯着，可累人了。我估计我这眼睛就是这样盯坏的，你想想，阳光照在游泳池上，眼睛盯着看是什么感觉。更重要的是，因为学得慢，我付出的学费也多了不少。这年头，哪里不用花钱呢。”她说着说着，站了起来，把毛豆放进冰箱里，并不容我插话，很干练地说，“好了，别闹了，正事要紧。下午的英语辅导要迟到了！”

我把话筒放下。它在桌上徐徐展开，还原成了《初中生习题精选》。

手

他突然爱上了书法。

他的手就再也没有空过。

他的手上，总是拿着一支毛笔。在房间里，他拿过宣纸，一张接一张地写；在屋外，他带个纯净水瓶，蘸水在地上写。

他经常要去做重要讲话，大大小小的会议一个接一个。他说的话越来越短，就是说话，他也喜欢一边说一边写。

他痴迷书法的名声传开了，比他的官位还让人注目。

他的字越写越好，求他写字的人越来越多。

他从来没有答应过。

他的名声愈加好了。人们都说，他是一个好官，不媚俗，不贪财，爱好高雅，用情专一。

只有他自己知道，他的手病了。

看见女人的腰，他的手就想去掐一把；看见钱，他的手就想占为己有。看到身边一个个双规的官员，他只好用笔来绑住他生病的手。

两个懒人

有一个懒人，是富商之子。整天过着衣来伸手，饭来张口的生活。反正家里有的是钱，什么事情还愁找不到人做呢。

当然，饭总是要自己吃的。

这天，保姆给他炖了鸽子汤，端到他卧室。懒人从床上坐起，自己吃了起来。突然，他的喉咙被鸽子的细骨卡住了，上不去又下不来。懒人懒得呼救，就死了。

他合上《九十九花园》2015 年第 5 期，伸了伸懒腰。阳光像懒猫一样伏在他背上。他懒懒地说了一句：这懒人，真傻逼。

邻居大婶从他身边经过，走远了，又回头看，嘴上说，这懒人，懒到家了。边上人来人往，好像没人在听她说话。当然，她本来就是说给自己听的。她实在是看不下去了。三十好几的人了，好像就没个正经事。一天天的，就知道看看书晒晒太阳。书有什么好看的，能看出钱吗？想自己，哪天不是早出晚归的。勤劳才能致富，哪有不流汗数钞票的！

她清楚地记得今年夏天的事情。报上说，这一年的酷热，60 年来排第二。太阳是那么毒。院子里的海棠、月月红、樱桃和红豆杉全焉搭搭地垂着脑袋。她每天早上和晚上搬出水桶拿起勺子浇水，每次都浇得全身大汗淋漓。可是这懒人呢，一次都没见他浇过。他还懒到什么地步呢，居然连空调都懒得买，懒得装，懒得开。

邻居大婶摇着头走了。其实，她还真没闲工夫来理论这事呢。

几天后。邻居大婶见懒人家门口聚集了很多人，还有两位扛着摄像机。哈哈，懒人被曝光了。邻居大婶想着走了过去。她想笑，但怕人家说她幸灾乐祸，于是尽量把嘴角放平，把眼神放平。只听一个个声音在说，太神奇了！你是怎么做到的？

邻居大婶第一次走进懒人的家，还真的被吓了一跳。

这是一个怎样的家？院子里的花花草草好像听从命令似的，乖乖地可劲儿地长，那棵红豆杉有的深绿，有的嫩绿，显示出勃勃的生机。

邻居大婶想起自己家那棵枯死的红豆杉，只觉得背后有眼睛像箭一样射过来。她退了出来，满肚子地不解。虽是初秋，她却感觉到了深冬的寒意。

两天后的晚上。邻居大婶正和家人一边看电视一边剥豆，突然听见一个名字：李简。这名字有点儿耳熟。想起来了。这不是懒人的名字吗？

只见电视里在说，李简先生发明的家庭智能水循环系统已经申请了国家专利，李简先生被评为2015年度发明达人。镜头里，是李简鼓捣出的家庭智能水循环系统介绍，墙壁、地面都被设置了管道，井水、雨水、自来水统统形成了循环。李简的家，冬暖夏凉，清爽怡人。

邻居大婶看得一愣一愣的。只听懒人，不，是李简在说，世界靠懒人来推进。懒得爬楼，他们发明了电梯；懒得走路，他们制造出汽车；懒得摁开关，他们发明了声光控；懒得洗碗，他们发明了洗碗机……

邻居大婶惊呆了，她不由得跟着李简说道：人生得意须尽懒。懒不是傻懒，要懒出风格，懒出水平，懒出境界。

亲爱的

“时间的旷野里啊，有谁不孤独。有限的青春里啊，有你陪着我……”小默哼着羽泉的《亲爱的》走出了磁厂。

每天，小默穿着浅蓝色的工作服，和长着严肃面孔的机器打交道。空气里飘散着一股难闻的气味，像机油，像铁屑。小默负责烧成车间粘连产品的分离。他手拿分离产品的刀片，与产品成 45 度后，对准产品粘连处，用硬物轻轻敲击刀背，使之分离。工作非常单调，一天不知道要重复几千次这样的动作。

年轻的小默寂寞又孤单，日子像流水线上的产品一样单调。好在认识了小眉。如今，小默觉得每一个产品都像小眉弯弯的眼睛在看着他。

是的，小眉的眼睛一定是弯弯的，像她的声音那样甜美，那样腻人。小默和小眉在电话里相识，那份甜蜜的感觉一点儿不亚于手拉手的美好。

每次下班后，小默和小眉都聊得火热。路上看见一朵怎样怎样的花啦；有个小孩子衣服后背是一只大蜘蛛啦；有个人明知被骗也不报警继续给骗子汇钱，有钱就是这么任性啦，好像每一个话题，他俩都能聊得风生水起。

“亲爱的，一起吃个饭吧。”某次下班后，小默发出了邀请。

“亲爱的，我很忙啊。有什么话我们可以电话里聊啊。”小眉的声音像糯米糖，那声“亲爱的”简直要把小默的骨头都听酥了。

有了小眉的陪伴，再枯燥的工作也有了色彩，不见面就不见面吧。以后有的是机会。小默想。

“亲爱的，咱们认识这么久了，一起吃个饭吧。”情人节那天，小默又一次发出了邀请。

“亲爱的，不行啊。”小眉拒绝的声音也是一样地香甜，“公司规定，我们不能和客户见面哈。”

巧的是，小默听到了短信提示音。为方便打电话，小默的银行卡具有易充值功能，可以直接转成手机话费。小默有些不相信地再次看短信，发现他银行账户上的存款被电信局划得只剩两位数了。那可是他无数次分离刀片的工资啊。

“客户？我是你的客户？我只是能给你赚钱的客户！”小默一着急，声音都变了。

“亲爱的，我有很多客户啊。有钱才能任性，好好赚钱啊。”小默第一次发现，这声“亲爱的”是如此刺耳。

小默越想越生气，却不好意思和工友倾诉，不到几天，他就把自己憋成了内伤。日子又回到了从前，甚至比以往更加枯燥无聊。

一天又一天，小默觉得，这日子过得像嚼干的甘蔗，哪里还有什么甜味！有钱就是任性，没什么钱也该任性一回。花钱聊天总比没人聊天强。想到这儿，小默又拨通了小眉的电话，说：“亲爱的，这次就聊 10 块钱的！”

别人家的小孩

“回来回来，你瞧瞧，连脸都没洗干净。”她说着递给我一块毛巾，“别人家的小孩哪里像你，我一不注意你就能顶着眼屎去学校。”

大清早地被人讲，滋味还真是不好，尽管这人你喊她妈妈。

我背起书包迈开步，她又在后面叫停。“胸脯含着干吗，多难看呀。挺胸都不会吗挺胸！”她咽了一口唾液，又说，“别人家的小孩多精神，脸上还挂着微笑。你呀，你呀。”

在她的叹息声里，书包在我的屁股上一颠一颠地跳起了舞。可我一点儿没有跳舞的心情。

放学时，我把试卷递给了她。老师夸我差点满分了，我自然带着橙色的阳光一路蹦蹦跳跳。她接过试卷瞄了一眼，说：“怎么，又差一分！别人家的小孩老是考满分，也没见你这样藏不住的。”

我赶紧把笑容收起，装进口袋，连着那张挨批的试卷。

晚上，她突然宣布：“今个带你去见一个人。”

我浑身一激灵。惨了，肯定是那个别人家的小孩。

“别人家的小孩嘴巴甜得像涂了蜂蜜，你可要给我长长脸，见了舅公要有礼貌。”她一边整理礼物一边说。我好像烈日下吃上了冰激凌，那个乐呀。还有比不用去见别人家的小孩更美的事吗？

我和她走出家门。我的邻居大婶看着我的背影，很认真地教导起她的儿子：“你瞧瞧，别人家的小孩多精神呀。连走路都带着笑。听说，考试成绩了得。哪像你呀，走个路还迈八字腿。”

陪　伴

“妈妈，我来帮你。”他拖着那些肥肥大大的菜，对她说。

“孩子，你玩你的，别弄脏了衣服。妈自己来。”她麻利地把刚收割来的九头芥晒在水门汀地上。

那年，她 28 岁，他 3 岁。

“妈妈，我要陪你剥玉米。”他欢喜地搬来一条小板凳，坐在她身边。她一把拉他起来，拿过一本《爱的教育》，说，“妈不用陪。你还是好好看你的书吧。”

那年，她 32 岁，他 7 岁。

某个夏日的午后，突然雷声大作，大雨即将倾盆。他赶紧跑到晒场收谷子。她板起面孔说：“快回去。万一淋坏了身体怎么办？你的任务是学习！”

那年，她 40 岁，他 15 岁。

时间是把猪饲料，投入和产出都很明显。转眼，他成了有出息的孩子，在大城市上海站稳了脚跟。上海，一个多么繁华的都市，她连梦里都没见过。可是如今，她突然孤单了。老伴脑溢血走了。儿子又远在天边。医生诊断她患了帕金森，她抖抖颤颤总是拿不稳东西，差下去的还有记性。这次，她不确定美多巴一次该吃多少，就拨了他买给她的手机。

“妈，我很忙。不可能陪伴您的。有空没空多喝水啊，别忘了吃药。”他说完就挂，她根本插不上话。这年，她 58 岁。

一年又一年，光阴好像瘫痪了，走得好慢好慢。12 年的日日夜夜，她最羡慕的是邻居家传来的欢声笑语。

一天，儿子在电话那头问："妈，您 70 岁的生日快要到了，想要什么礼物啊？"

她说："我想要台电视机。"

儿子说："您又听不懂普通话，要他做什么？"

她说："电视机会说话啊，可以给妈做伴。"

罪与罚

某王国有个烂嘴皮子，叫胡来运。他父亲胡萝卜是个老实的木匠，一心想让游手好闲的儿子胡来运学学木匠活，做个生活有保障的手艺人。可是胡来运天天忙于耍嘴皮子，赚点口舌上的威风，完全不把老爸放在眼里。

这不，为了争个一句话的高低，胡来运居然抄起一旁的刨子，将父亲胡萝卜打死了。

家门口的小河在呜咽。

几天后，胡来运喝了一碗咖啡样的水，闭上了眼睛。一分钟后，他走向父亲的刨子，琢磨起了木匠活。后来的日子，他天天做木工活。以前开开合合不肯休息的嘴巴，紧紧地关着。他使劲地推着刨子，那声音刷呜刷呜地响。刨花在脚下翻腾成一座柔软的小山。他不时地将木条取下，斜搭手心，也着眼瞄了又瞄，看看直不直，摸摸滑不滑……

这样的日子过了二十四年。某天，胡来运看着这个蜂飞蝶舞的世界，看着他打磨的一款款家具，睡着了。这二十四年里，他没有再说过一句话。如今，他更没机会说了。

“心脉为零，脑波也消失了。”一位面色庄重的男人说，“这项技术果然不错。”

原来，天才博士发明了“脑波干扰器”，它可以在药物的迅速催眠下，在死囚的梦里搭建一个真实的世界，用户在梦世界里过上与原先世界完全相反的生活，在日复一日的岁月里赎罪。干扰器的寿命是二三十年，恰好是牛马的寿命。

犯了死罪，唯有做牛做马来弥补伤害。

这项技术出现后，该王国犯死罪的人越来越少了。

抵鸡蛋

包婶麻利地打开鸡舍门，抓过母鸡就开始抵鸡蛋。

包婶把食指伸进母鸡的屁股洞里，探一探有没有鸡蛋。如果手指抵到了硬硬的圆圆的东西，那当天就有蛋要下了。

包婶养了一只大公鸡，三只大母鸡。每天上午九点左右，是包婶最幸福的时光。要下蛋的母鸡两脚站起，屁股往后倾，头往上伸直，红红的鸡冠涨得越发红了。包婶看着看着就想笑。

不过，包婶突然在某一天有了烦恼。她把笑脸搁置在一旁，一心一意地抵鸡蛋。芦花鸡，一个；灰白鸡，一个；麻雀鸡，一个。这天又是三蛋临门。可是，包婶在取蛋的时候还是发现少了一个。这蛋让谁拿了？

包婶想起对门的麻婶，儿媳刚生了娃，整天笑出一张歪歪嘴，还有事没事老往这边看。包婶想到这，就忍不住要练嗓子。她站在门口大声说：“老包，咱家的鸡蛋你拿过吗？怎么又没啦？长翅膀了！”

奇事还在后面呢。这以后的第十天，那只麻雀鸡居然消失了。这么大的母鸡又不是路边的小沙子，怎么说不见就不见了？她不由得起身站在门口，提起嗓门说：“谁吃了我家的麻雀鸡，谁就白天走路跌跤半夜恶梦惊醒喝水打呛吃饭打嗝。”没人接她的话茬。刚下了蛋的母鸡不合时宜地在咯咯哒咯咯哒，叫得包婶更加心烦。

不想二十多天后，包婶突然听到了一群小鸡的声音，只见麻雀鸡母性十足地领着十来只小鸡向她走过来。

包婶看见对门的麻婶又往这边看了，不过，那笑容真的好美。

送你一轮明月

男人开心地把报纸放在桌子上，上面是显目的标题《送你一轮明月》。这是男人花了三个晚上写的爱情诗，一首送给女人的诗。男人的心里像飞进了小蜜蜂。但他不好意思说，他相信女人一定会看到的。女人有看报纸的习惯。

果然，女人拿起了报纸。男人拿着别的报纸在一旁看，他的眼睛和耳朵其实承担了另外的任务。只听女人说："《送你一轮明月》，这诗写得不错！"

"哪里哪里。"男人说着客气话，内心却很甜蜜。

"就在副刊版呀。"女人把男人的话理解成了疑问句。

男人看见女人拿起剪刀说："我要剪报。"女人的剪报本已经是厚厚的一大本了。

男人想，等女人剪贴好，我就划出自己的名字。男人想着女人惊喜的样子，不由得哼起了歌："我的情也真，我的爱也真，月亮代表我的心。"

等女人走开，男人拿起女人的剪报本一看，写着他名字的位置已经被剪掉了。

基本功

莫十三在桌上放一个毛绒小猪玩具，站在五米开外，拿着学校里写剩的粉笔尾巴一下又一下地练习。慢慢的，莫十三的基本功达到了一种境界：想扔额头，绝对不会触及眼睛。

也是没办法的事情。班上不爱读书的学生真多。读书无用论像名牌服装一样横行。莫十三在师范里练就的招数，一招又一招，招招被破解。莫十三那个急呀。他想起了数学何。

那时，莫十三一上数学课就反常，不是睡觉，就是做小动作。他的数学成绩像坐过山车，都快降到底部啦。好在数学何有过硬的基本功。

其实，这招功夫，数学何也不轻易使用。

那天，莫十三忍不住又把头埋下去了，正在讲台前书写着密密麻麻演算过程的数学何分身乏术，果断扬起手，一枚粉笔嗖地一下来到了莫十三的脑门上，然后走了一个漂亮的小弧度，在地上断成了两截。

全班看呆了。空气好像凝固了。

此后，莫十三再也不敢在数学何的课堂上放纵自己了。他的数学成绩坐火箭一样升了上去。莫十三的爸爸专门赶到学校向数学何道谢。

一次语文老师让大家写关于理想的作文，莫十三的作文中有这样一句话：我的理想是当一名像数学何一样的老师，练就基本功，让学渣翻身。

这天，莫十三扔出了人生中的第一个粉笔头。

可是，他期待的情景没有出现。过了几秒，教室里突然响起了掌声。有学生在座位上喊：“《未成年人保护法》第 15 条规定——”所有的学生都接下去说：“禁止体罚或变相体罚学生！”

莫十三的身子晃了晃，差点儿倒下去。

池水清清

看老屋，多清净。他对娘说。

他打心里不愿意和娘住在一起。娘的耳朵不大好，年纪大了，更像半个聋子。和娘说话得扯嗓子。两人的话语常常像电视的两个频道，各行其是。他不耐烦地用家乡话叨叨，真是鸡对鸭讲啊。

好在他造好了新房。

乡下，田野空旷草地青青。他养了几只鸡和鸭。

农历三月，芦花母鸡抱了窝。出于好奇，他先放了几个鸭蛋在窝里，7 天后，又放了几个鸡蛋。21 天后，小鸭和小鸡都出壳了。

只要听到母鸡咯咯地温柔叫唤，那一定是找到了小虫子之类，在请它的孩子们享用。他跟着母鸡走着，看着，觉得生活蛮有趣。慢慢的，母鸡来到了小池边。小鸭爱水的天性被突然激发，它们轻盈的身子一下就到了水里。母鸡一看急坏了，扑腾一声就跳下水去。

母鸡在水中向小鸭拍击着翅膀，眼神里满是焦急和不安。他赶紧出手将小鸭赶上岸，把母鸡救上岸。

看着浑身湿漉漉的母鸡，他的眼眶蓦的湿润了。

11 岁那年，他站在池塘边捞菱角，手一勾再勾，就把身子献给了水。一旁的娘闻声飞来，闪电般跳下池塘，把他托上岸。

娘在水中挣扎。水一点点淹没娘。吓坏了的他忘了喊人。好在有人路过，把旱鸭子娘拉到了岸上。

其实，他 8 岁就学会了游泳。只是，在危难面前，娘的心里只有儿子两字。那次以后，娘的耳朵因为进了水，老是嗡嗡作响。慢慢的，听力也受了影响。

往事像种子，散落在他原本干涸的心田。清清的池水，滋润出一田的芬芳。他转身向老屋走去。

鸡的脚趾有几个

“白雪，快过来。”

小麦一声叫唤，那只叫白雪的大母鸡就跑了过去。

小麦的手上，捧着三个河蚌，那是他去摸黄蚬得到的副产品。小麦兴致勃勃地拿出菜刀在凳子上剖起河蚌来。白雪和往常一样站在凳子上等着吃河蚌肉。它的头像个伸缩自如的弹簧，一下一下，吃得好惬意。

“啊——”在剖第二个河蚌时，随着小麦的惊叫，白雪的一个脚趾被剁掉了一截。

白雪已经两岁了。一般的鸡长的是四个脚趾，白雪的脚趾却有五个。在离其他的脚趾两三公分处，又长出了另一个脚趾。老人们说，有五个脚趾的鸡一定是最好的农家土鸡，肉质鲜美，营养丰富，是在菜市场买不到的。有些精明的人就通过脚趾来选鸡。

小麦不这样想。

有五个脚趾的鸡特别有灵气。小麦这样想。

确实，白雪像个孩子，特别会黏人。晚上，小麦和家人不去睡觉，它也不去，还喜欢站在凳子上，时不时昂起头来看看你。白雪从来不把粪便拉在家里或凳子上，总是乖乖地跑到家门口的小菜园子里。菜园子里的菜长得旺旺的，绿得发黑发亮。

也许是想回报小麦一家对它的厚爱吧，白雪还经常下双黄蛋。其他的母鸡下完蛋后总喜欢咯咯哒咯咯哒地大声宣告，白雪却安安静静的，好像怕惊扰了小麦一家似的。

白雪还会开门。农家的门是那种木质门，外面直接挂上一枚铁锁。如果不出远门，就直接把门拉上。白雪想进门的时候，就用嘴巴和脑袋一点点地去顶门，等到门有了空隙，它就慢慢地将身子探进去。

白雪理所当然地成了小麦家受宠爱的明星。

可是，很突然的，白雪不见了。

小麦急得嘴巴都起泡了。“白雪白雪！”小小的村庄上空，飘荡着焦急的声音。

午后，溪婶走了过来，悄悄地附在小麦耳后说：“你家那只胖胖的大母鸡被麻花抱走了。”

麻花是村长的老婆。溪婶是村长的后妈。

“消息可靠吗？”小麦用眼神表达了这样一个意思。

“我亲眼看见麻花将大母鸡抱进柴房里，正用一个篾篮罩着呢。”溪婶的声音轻轻的，却很肯定。

怎么办？村长是一村之长，肚子挺挺的，喉咙粗粗的，每天在村庄里逛来逛去，就像上了八个人抬的轿子，好威风。他还有三个兄弟，个个牛高马大的。怎么办？

“只能去偷回来。”溪婶说，“现在正巧家里没人，我带你进去。你别把我说出来就是。”

小麦想，也只能这样了。自己家的鸡却要偷偷摸摸地去抢回来，这是什么什么啊。

村长家果然没人。有了溪婶的帮助，小麦顺利地抱回了白雪。

傍晚时分，小麦正在灶旁劈柴添火，只听得门口一阵喧哗，像放超级响的炮仗。

“小麦，把鸡交出来。你凭什么偷我家的鸡？”一听，是麻花的声音。

小麦一急，操着柴刀就冲了出来。小麦的老婆想拦也拦不住。

门口已像看戏一样围了一群人。村长四兄弟正如狼似虎地盯着小麦。不知怎么的，小麦的脸刷地红了，很适时地配合了“做贼心虚”的表情。

“青天白日的，有没有王法啊！还拿刀来着！你凭什么来抢我家的大母鸡？”麻花用右手的食指点着小麦，气急败坏地说。

“我，我，我……”小麦又气又急，一时怒火攻心，竟说不出话来。

“你家的鸡是什么颜色的？”小麦问出来就后悔了。

“当然是白色的。难道白色的就是你的吗？”麻花说。

“鸡的脚趾有几个？”小麦的话引起了人群的爆笑。

“这个小麦，分明是胡搅蛮缠。”村长不轻易说话，一说就带明显的总结性。

“当然是四个了。”麻花笑了起来，心想，这个小麦中邪了，老问显而易见的问题。

“我的这只鸡，有五个脚趾，前面一个还少了一截！”小麦说着，回屋叫出了大母鸡。

“白雪，坐。”只见白雪轻松地跳上了凳子，五个脚趾赫然在目。

麻花一看，本来鼓胀胀的气放出了一部分，道：“这死鸡，死哪去了？快找找去！”人群里发出了笑声。

村长四兄弟和麻花退场了。小麦却没有一点儿胜利感。

几天后。小麦正吃晚饭，猛然发现白雪在痛苦地跳跃，一下一下，跳得好高好高。小麦的老婆赶紧去找剪刀，想剪开胃清洗有毒的食物。可是，来不及了，小麦眼睁睁地看着白雪在自己面前挣扎而死。

从此，小麦家再也没有养过一只鸡。

考试以后

钱小多翻着刚发下的试卷，不知该把眼神落到哪里。分数已经会背了，就等着老师下命令了。

果然，只听童老师说："没有反思就没有进步。请同学们拿出课堂作业纸，写下你本次考试的反思。"

轻车熟路。钱小多很快地列出一个简洁的表格，我的目标、上次成绩名次、这次成绩名次、退步（进步）几名。然后又一次剖析了自己的思想、态度，最后写上"下次一定好好努力"。

次日，童老师让学习委员将全班的反思粘贴到了后墙上。那真叫一个壮观啊。如果只贴上端，让它们迎风飘扬，像不像小时候的尿片？钱小多想到这，不自觉地笑了起来。

几周后，排队开会的反思稿下墙了。这意味着下一次考试又要开始了。那天下午的第一节，钱小多困意频频，却找不到牙签支眼皮。突然，她想到了反思稿，立马来了精气神。晚写不如早写，我只要把表格里的一部分数字空着就行了。

钱小多拿出课堂作业纸，刷刷刷，没几下，就写了一段：

我上课发言不够积极，有时还开小差。家庭作业老是不认真完成，攻克难题信心不足。我对不起老师和父母。老师对我非常好，经常鼓励我。爸爸妈妈为我白了头发。我对不起关心我的人。下次一定好好努力。

这段话，钱小多已经会背了。看，写得多好呀，情商和智商全体现出来了。

这么快就写好了？钱小多觉得不过瘾。干脆，再抄一份吧。这叫备份，或者叫备胎。下次以及下次的下次，我已有备无患。这样的感觉，就是幸福的感觉，就像夏天买到香芋冰激凌，就像迎春花抽打湿润的空气。这样的比喻有点儿像抄袭，但我喜欢。钱小多想。

果然，考试如期而至。

果然，反思隆重登场。

当然，第二个果然是钱小多自己说的。

一天过去了，又一天过去了。童老师居然没提写反思的事，好像这事压根就没发生过。坚持了那么久的事情怎么不说停也停了？钱小多想不明白。

那天，钱小多在走廊上与童老师相遇，她突然问道：老师，怎么不写反思了？这话快得好像没经过大脑。

童老师一愣，笑道：怎么，你想写？

不是想写，是已经写好了。考试前就写好了，还写了两份呢！钱小多脑中的小人儿在说，但她的嘴巴没动，只是送了老师一个“懂事”的笑容。钱小多的心情却结结实实地跌在学校的花岗岩地面上，疼痛是看得见的。

可是，谁能看见呢？

后　妈

儿子必须跟我！

苞谷对前夫说的话仿佛还在耳边回响。

苞谷的第一次婚姻搁浅了。16 岁的儿子小砚正值青春期，瘦瘦的体形，不羁的眼神，苞谷看了就心疼。

都说后妈心毒，苞谷舍不得儿子过上毒日子。

当然，她也不想让她现任丈夫的儿子过上毒后妈的日子。

两年后的苞谷，成了 18 岁的正月的后妈。两个孩子一样的年龄一样的性别，一碗水端平那是最容易的了。苞谷想，后妈难当，我却要当个最好的后妈。

还在苞谷读四年级的时候，苞谷就在书上看到后妈的故事。后妈给两个孩子穿一样的棉衣。村人都说，这后妈，多好啊。却不知那棉衣里，一件是棉絮，一件是芦苇。难怪自己的亲儿子面孔泛红，另一个孩子却总是红着鼻子缩着脖子。

虚伪。苞谷至今回想起来，还在心里骂上一句。

又过了两年，苞谷被小区评为最美妈妈。可不是，只要小砚有的，正月就必然有。每次，苞谷还让正月先挑。俩孩子都考上了大学，苞谷这后妈，自然是公认的好妈妈了。

三年后，苞谷的妹妹执意要离婚，并提出不要女儿的抚养权。苞谷一听，急得眼睛都红了：“如果你爱孩子，就不要让别人来当孩子的后妈！”

“后妈又怎样？现在不是旧社会，缺衣少食的。”妹妹脆生生地说，“姐，你这后妈还是最美妈妈呢！”

苞谷一听，喉咙突然哽住了，她低沉地说：“我的内心最清楚啊。小砚和正月同一年学会开车。可是，我坐小砚的车，就紧张得不敢睡觉，坐正月的车，总是放心地一觉睡到目的地。”

等　待

要不了多久，就能吃上猪血豆腐了。

阿婆把韭菜洗好，放在案板上。韭菜炒猪血豆腐，长相好营养好，想想都很好吃呢。

每次杀猪，他都会送给阿婆一碗猪血豆腐。他家的猪血豆腐，呈暗红色，粗糙的切面上，有不规则的小孔。这样的豆腐，新鲜美味。阿婆每次都能吃得啪啪有声。

门突然动了一下。阿婆赶紧从竹椅上坐起，嘴上说着“来了来了”，快乐的情绪像气球一样，飘到门口。门口寂寂无人影，原来是风刚刚经过。气球被针扎了一个孔，发出哧哧的声响，没几秒就全瘪了。阿婆回到椅子上假寐。

过了一会儿，门又动了。动静有点儿大。这回肯定不是风了。阿婆很确定地站起来，半走半跑地来到门口，嘴里发出感激的声音：“这么客气啊。”说话间，发现一只狗，从门边跑过。

阿婆生起了闷气，闭着眼躺在竹椅上，全然没了吃饭的心情。

也不知道过了多久，恍恍惚惚间，她又听到门口有动静。

“你这癞皮狗，又冒充猪血豆腐不成！”怒气冲冲的声音过后，传来清脆的一声响。是陶瓷大碗的声音。暗红色的猪血豆腐在地上泛着刚出锅的白气。

阿婆的手上，举着门后的竹扁担。

对面，站着已然错愕的邻居。

标 签

这秋葵长得可真像蓖麻，杆的外表像涂了一层淡淡的粉，顶端似乎要结出小球了。但它一定是秋葵，肯定能长出一根根绿色的秋葵。李由看了看它面前的标签牌，摸了摸眼前的植物，昂首走出家后门的小院子。

他来到街头。水果摊位上摆着美国提子、牛奶葡萄等。他选了两串水果，摊主说：“4 元一斤，一共 12 元。”

“什么，这标签上，不是明明写着 13 元一斤吗？”李由的喉咙突然粗了。

“对不起对不起，这是牛奶葡萄，不是美国提子。肯定是不小心移动了标签。”摊主找了他 38 元。他只拿了 8 元就气鼓鼓地走了。

这世上，什么东西没有标签啊。昂首走在路上，李由还在想这个问题。没有标签，这世界还成世界吗？看，这是振兴路，这路牌就是它的标签；这是李记小笼，这牌子是它的标签；我叫李由，了不起的李由，裤袋里的名片证书就是标签……

想到这儿，李由摸了摸自己的右口袋。依然鼓鼓的。李由的精神也像扬帆的船，鼓鼓的。

为了装下它们，李由的右口袋是特制的，它又大又深，可以容下好多名片证书。

李由一摸，它们都钻出了脑袋，什么全球十大创新青年、中华茶会名誉主席、中国登山会理事、世界精神文化中心主任、道德小说大赛特等奖等等。

人来人往的街头，李由拿着专属于他的标签看着，看得热血再次沸腾起来。他希望有人能注意到他，凑过来看上一眼。

突然，风向他探过脑袋，狠狠地看了一眼，他还没反应过来，手中的名片吹跑了。居然，一下全没了踪迹。

标签丢了，李由垂头丧气地走着，再也没有昂起过他的头。

错 过

本草庄的人都说沈山羊是个硬孩子。

母亲跟人跑了，父亲出去打工了。他的眼眶从来没有湿过。他看人的眼神总是带点儿斜，一副桀骜不驯的样子。

老师们一开始还对他有信心，找他谈话，和他说道理，企图从情感上感化他。慢慢地发现，一切都是徒劳。

葛老师却是个例外。

沈山羊作业不做，葛老师要去讲他；沈山羊用脚开门，葛老师要找他谈话；沈山羊衣服穿少了，葛老师也要多多嘴。沈山羊最恨这个多管闲事的老头了。

葛老师上课喜欢拿个大号的水杯。他的声音沙沙的，喉咙里像长了东西。一节课里，不知道要咳上多少回。

某日下午，葛老师上课时居然趴在讲台上睡起觉来。沈山羊带头鼓起了掌。葛老师的丑丢大了，连校长都知道了。

葛老师并不理会他的糗事，他对沈山羊说："哪天你有出息了能自食其力了，我葛培土就倒立着走路！"

"葛培土，我就要你倒立着走路！"每天，沈山羊都会在心里默念。

五年后，沈山羊自己办了个厂当起了老板。他最想做的事就是找到老头葛培土，让他兑现诺言。

路上，他遇上了当年葛老师的课代表小温。小温告诉他："当初我实在看不下去，就向校长反映，是你在葛老师水杯里放了安眠药。葛老师求校长再给你一次机会。葛老师说，山羊是个苦孩子。他想用激将法试试。”

沈山羊的眼眶有点儿发潮了。

突然，小温哽住了，她顿了顿说：“葛老师的喉咙里长了个肿瘤，医生说看得太迟了。”

沈山羊的泪水唰地流了下来。有些事，错过了，就是一生。他，永远没有弥补的机会了。

抛馒头

新房落成了。

“紫微拱照”四个红色大字喜气洋洋。阿牛看着“照”下的三点，在心里祝福：避火取水，生活幸福。

这几年，牛嫂总觉得阿牛不大好。不好在哪里，也说不上。其实，牛嫂的心里搁了一个人。那次去赶会场，阿冰送了她一串三角豆腐。豆腐有点儿辣和烫，阿冰就朝她嘴巴吹气，嘴巴一动一动，眼睛一闪一闪，闪动得牛嫂心旌摇荡。

阿牛好像从来不知牛嫂的歪心思。他像牛一样耕耘了五个月，造好了房子。

这天，是造好新房抛馒头的日子。

阿牛和牛嫂拉开被单在迎接。工匠师傅问：“主人家，荣华富贵要不要？”

阿牛和牛嫂大声回答：“要。”

工匠师傅问：“主人家，幸福美满要不要？”

阿牛和牛嫂大声回答：“要。”

“快快跪下，接住荣华富贵，接住幸福美满！”突然间，阿牛发现地面有状况，果断引领牛嫂往右平移。而后，阿牛跪下了，坑洼的地面磕了他的膝盖。牛嫂离开了坑洼稳稳地跪下了，和阿牛一起把被单举得高高的。

“一双馒头两点红，夫妻恩爱赛金银。”师傅念着，抛下了一双馒头。

“两双馒头四点红，儿孙满堂乐融融。”师傅念着，又抛下了一双馒头。

接了馒头后，阿牛牛嫂和工匠师傅们一起上房去抛馒头。

地面早站满了人。牛嫂看到阿冰正闪着大眼看着她，她把套着红塑料袋的馒头一次次抛向阿冰。

阿冰使出浑身解数，跳啊蹦啊，还使劲儿推开了喜春奶奶。喜春奶奶一下跌倒在地。阿冰像没看见一样。接馒头的间隙，牛嫂看见阿冰将几双馒头送给了美女阿霞……

抛馒头后，牛嫂变了。

她一心对阿牛好，没了歪心。

老童生

“爸，我不想复读了。”儿子垂着头说，“人家都叫我老童生。”

“不要说丧气的话，儿子。爸爸相信我聪明的儿子一定能上名牌大学的！”父亲一边洗番薯一边说。洗好的番薯装在大篾篮里，父亲准备挑了去炼粉。城里人喜欢吃番薯粉，一定能卖个好价钱。

儿子复读了一年又一年，眼镜片的底越来越厚，儿子的分数却一次比一次低。

可是，父亲从来没有丧失过信心。他的儿子只是还没遇上考运。儿子三岁就会背很多很多古诗了，他的脑瓜子，在整个乡都是顶刮刮的。

这年，儿子的考运真的来了！儿子考上了名牌大学！看着这份厚实的北京大学录取通知书，父亲的笑纹把眼睛都挤跑了。

儿子却好像并不开心。

父亲知道儿子在担忧什么。他说：“儿子，再怎样困难，我都有办法让你及时去名牌大学报到的。你放心。”

儿子知道家里的窘境，就算把番薯粉全部卖了，也凑不起学费生活费的零头。

父亲出门更勤了。他天天往山上跑。山就在村庄的北边，山上有金樱子，一个个像宝葫芦的刺球，把它们去掉毛刺晒干，城里人买去泡酒喝，对肝脏心脏胃都好。

金樱子一般长在悬崖上，阳光越足，长得越大。有一次，父亲探身摘的时候，脚下的土石一动，就从悬崖上滑了下去。好在一棵粗壮的择子树把他的身子挡住了。父亲看到择子树上长满了择子，顾不上疼痛，又摘起择子来。

“爸，反正大学考上了，我已经证明了自己，您老就不要再奔波劳累了。”儿子看着父亲划伤的脸，心疼地说。

父亲的眼泪差点掉下来。这儿子，懂事啊。儿子三岁就没了妈，他的日子也过得不容易啊。我，又怎能亏待儿子？

父亲变得更忙了。一天又一天，他继续往外跑。

突然有一天，有人通知儿子：“你爸出车祸了！”儿子感觉整个人都轻飘飘的，脑子里一片空白。他不知道自己怎样来到了现场。父亲躺在一地血腥中，儿子抱着父亲说：“快！去医院！”

父亲的声音很弱，儿子把嘴凑过去，还是听清楚了：“儿啊，爸不能陪你了。你要好好读书，光宗耀祖。”

父亲说得断断续续，嘴角的血似乎把声音凝固了。“枕头，枕头……”父亲还没说完，就垂下了脑袋。

几天后，儿子拿起父亲的枕头，看到了不久前的意外人寿保险单。父亲投了保险，儿子可以拿到肇事司机的赔偿和保险公司的赔偿。这是一笔不小的费用，儿子读大学不用愁了。

“如果我不去考大学，如果我不去考大学……”儿子反复念叨着，整个人像父亲当初晒在门口的金樱子，干干瘪瘪，一身的刺疙瘩。

儿子心情沉重地和保险公司联系。保险公司回复说，再过一段日子，他们将实施赔付。

然而，那一天没有到来。

保险公司经过调查发现，父亲是自杀，实施的是骗保行为。儿子得不到任何赔偿。

来到父亲的坟前，儿子哭了，哭得黑天黑地。

“爸，是我害了你呀爸。那张录取通知书，是我请人做的呀爸。我以为咱们没钱，您就会打退堂鼓呀爸。您的儿子，是个没心肝的老童生呀爸……”

儿子的声音，被风传出好远。

总是赢的人

钟营，你敢打个赌吗？

说话的人站在屠案前，将那把又大又厚的屠刀朝着油黑色的案板轻轻使了点劲，屠刀的前半部分就吃进了大案板。他，自然是牛栏村的张屠刀。

彼时，村口的乌石路上围了一圈看热闹的人。大家的目光像手电筒的光束一般聚集在钟营身上。

“如果你一餐吃下三斤猪肉，我就不要你钱；如果你输了，就付我肉钱。怎样？”

“好。好！”钟营是出了名的肉桶，岂有不助兴的道理！

张屠刀刷刷切下三斤肉，沈三跳接下了烹煮的任务。

一段时间后，钟营的眼前放上了一大盆猪肉。它没有一点骨头，肥肉体形饱满。如果自己烧，肯定要熬出点油的。钟营突然明白了张屠刀让沈三跳烹饪的用意。这是实打实的三斤啊。

大家都等着看好戏，恨不得脖子装上弹簧。沈三跳一边跳一边嚷：“吃吧吃吧，生姜黄酒可是一样不缺，香着呢！”就有三五人吸了吸鼻子，道：“香，真香！”

不料钟营吃了五六块，就吃不下去了。实际上，钟营一周没吃猪肉了。这样还失败，真是没面子。

钟营悻悻地回家去，把一大把聒噪的兴奋的不解的声音甩在身后。他关上门，一个人在房间里吃了起来。一块又一块，一块又一块，一大盆猪肉见了底，只剩几片生姜在盆底泛着酒色。

钟营拿着大盆来到了张屠刀面前。“看看，我赢了。我一回家，就吃完了。”

“这什么道理，这能算数吗！”张屠刀又将屠刀甩了一下。

“这么多人看着，我哪吃得下！”钟营觉得有点冤。

“你不会是想把肉钱拿回去吧？”沈三跳好像真的跳了三下。

“我，我想告诉大家，我钟营是名字取得好，总赢。”钟营为自己的伶俐点了个赞，心想，不退钱自己也没亏。

就这样，钟营的外号慢慢传开了。

生姜改不了辣气。钟营这姜可是越来越老了。那天，他和邻村朋友干脆脆赌上了。

“总赢，如果你追到麦芽，我就在国际大酒店请一桌。如果你输了，就陪我玩横店影视城。你敢打这个赌吗？”

“为什么不敢？”说到最后一个字，钟营的头往上一昂，很有战斗力的样子。

其实，干脆脆打的赌真的好过分。

因为麦芽和他的男朋友已经走在去登记的路上。

此时的情景是，麦芽的男朋友去了厕所。麦芽站在路边，有一下没一下地摘着路旁的桂花树叶。钟营和干脆脆站在离她几步远的地方。

麦芽是钟营的同学。小学时，他俩就打过一次赌。赌的是考试成绩，谁输了就要被对方折磨一天。结果钟营赢了，把麦芽的头发剪成了被雨淋坏的蘑菇。

那次，麦芽被爸爸打了屁股。两人好久都没说话。

初中时，钟营和麦芽有次坐大巴去参加夏令营。去的有十几人，两人坐同一排。许是太累了，麦芽睡着了，头靠在钟营的肩膀上。钟营把矿泉水倒在瓶盖上，顺着那头的肩膀倒了下去。

快下车前，钟营很幽默地说：“麦芽，你做美梦了吗？你流的口水都给我做纪念了。”

麦芽羞得脸倏地成了三月的桃花。“对不起啊，你的衣服我来洗，好吗？”

想到这里，钟营疾步上前，对麦芽说：“麦芽，嫁给我好吗？我需要你给我洗衣服。我也一定会好好对你的。”

“我是去登记的。”

“那我和你去吧。”

你猜怎么着，这俩人就这样撇下另俩人去登记了。

这件事情，在牛栏村成了奇事。有人说，这是笑话；有人说，这是佳话。当然，更多的是羡慕。

他们却不知道，麦芽是干脆脆的表妹。

此后，钟营的名字彻底被总赢代替。这名声像夏天的雷，所到之处，人人敬畏。某次，朋友们在景阳冈大酒楼为钟营庆贺。喝到最后散会时，朋友甲说：“车子放着，明天再来开吧。”这提议遭到了一致性的反对。“怕什么！”朋友乙丙丁戊己庚辛壬纷纷说，“总赢，你说呢？”

“过弯月亮路肯定没交警，大家绕一下。”钟营说。

“我看不一定，交警等着收罚款呢。”甲说。

“我们打个赌。”钟营和甲赌上了。

十几分钟后，钟营上了急救车。

他的车子撞上了墙壁，车头严重变形。好在有人拨打了120。迷迷糊糊中，钟营嘴巴翕动着：“我说没交警吧。”